로크미디어가
유혹하는
재미있는 세상

ROK
MEDIA
로크미디어

환생한 대마법사의 정주행 7

2021년 4월 30일 초판 1쇄 인쇄
2021년 5월 6일 초판 1쇄 발행

지은이 서상현
발행인 김정수 강준규

기획 이기헌 왕소현 박경무 강민구
책임 편집 이정규
마케팅지원 배진경 임혜솔 송지유 이영선

발행처 (주)로크미디어
출판등록 2003년 3월 24일
주소 서울시 마포구 성암로 330 DMC첨단산업센터 318호
Tel (02)3273-5135 **편집** 070-7863-8597 **Fax** (02)3273-5134
홈페이지 rokmedia.com **E-mail** rokmedia@empas.com

© 서상현, 2020

값 8,000원

ISBN 979-11-354-9762-9 (7권)
ISBN 979-11-354-9260-0 04810 (세트)

서상현 판타지 장편소설

7

환생한
대마법사의
정주행

contents

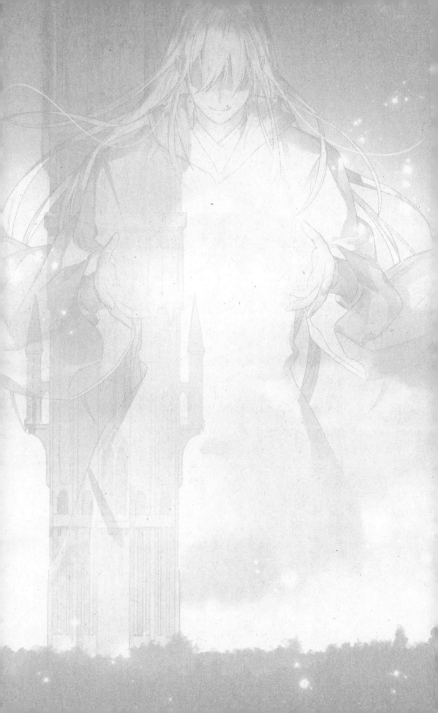

서열 정리

단잠에 한창 빠져 있을 때였다.

누군가 깃털로 내 피부를 간지럽히는 느낌이 들었다.

잠깐도 아니고, 꼭 고문을 하는 것처럼 잠이 다시 들려고 하면 날 괴롭혔다.

정말 옆에서 누가 간지럽히는 게 아니라는 걸 안다.

지금 이 느낌이 드는 것은 교실에 설치해 둔 둠 리포졸을 누군가 건드렸다는 뜻이다.

난 상체만 일으키고 가만히 기다렸다.

이 새벽에 설마 또 제단이 활동하여 몬스터를 뱉어 낸 걸까?

하지만 그 예상은 금방 깨졌다.

이유는 불쾌한 느낌이 10분이 지나도 계속 이어졌기 때문이다.

3급 제단은 마법사로 치면 3서클 수준.

내 둠 리포졸의 일격이면 사라질 정도로 약하다.

그런데도 10분이 넘게 계속 느껴진다는 뜻은…….

"누구지?"

학생 중 누군가가 내 둠 리포졸을 상대로 싸우고 있다는 뜻이 된다.

그렇다고 즉시 자리를 박차고 나가 상대가 누군지 확인하진 않았다.

얼마나 더 오래 내 둠 리포졸을 상대하는지 지켜볼 심산이었다.

시간은 계속 흘러 어느덧 1시간째.

아직도 날 간지럽히는 불쾌한 느낌은 계속되었다.

"도대체 누구야?"

난 그제야 침대에서 내려왔다.

1시간이나 내 둠 리포졸을 상대한 게 학생일까, 학생들일까? 직접 눈으로 확인하기 위해서다.

"보름달이시여, 1층에서 소식을 전했습니다."

같은 시각, 본교 꼭대기.

보통 이런 야심한 시각에 문지기가 타일런트를 찾는 일은 없었지만, 오늘은 꽤 흥미로운 소식이 들렸기에 곧장 그를 찾았다.

"뭔데?"

타일런트는 무심하고 까칠하게 물었다.

그럴 만한 이유도 있었다.

대마법사란 참으로 피곤한 위치이기 때문이다.

언제 어떻게 봉인석이 활동할지 모르니, 봉인석 옆에서 앉아 꾸벅꾸벅 졸며 쪽잠을 청하던 중이었던 탓이 가장 컸다.

타일런트는 대마법사가 된 이후로 한 번도 마음 편히 잠을 청한 적이 없다.

그런 날을 벌써 300년이나 넘게 보내다 보니, 이 시간만 되면 한참이나 예민해져 말투도 사나웠다.

"두 가지 소식이 있습니다."

"둘 다 호재인가?"

"제 생각에는 그렇습니다."

"읊어 봐."

"1층 학생 중에 둠 리포졸을 사용하는 학생이 있더군요."

"그게 뭐?"

둠 리포졸이 어마어마할 정도로 대단한 마법은 아니다.

이유는 시전자의 역량.

즉, 마력에 따라 위력이 너무나 천차만별이기 때문이다.

다른 마법도 다 똑같다고 할 수 있지만, 유독 둠 리포졸만 이 비정상적으로 굴곡이 심하다.

그렇다고 희귀한 마법인가?

그것도 아니다.

그저 낡은 마법이라고 불릴 정도로 인기가 없는 마법이다.

실제 본교 6층 학생 대다수가 사용할 줄 안다. 하지만 잘 사용하지 않을 뿐이다.

평소 자신의 마나 100%를 사용해 다른 마법을 구현한다면 위력은 200%, 300%까지 증가되지만 둠 리포졸은 100%를 전부 쏟아붓는다고 해도 위력이 고작 30% 안팎이다.

'마나 먹는 하마'. 그게 둠 리포졸의 별명이다.

다른 마법과 비교했을 때 비정상적으로 많은 마나를 소모하는 탓에 비효율적이기 때문이다.

"단순히 둠 리포졸을 사용하는 것으로 내게 보고했을 리는 없고. 지속 시간이 얼마나 됐는데?"

"몇 시간은 넘었습니다."

그제야 타일런트의 눈동자에 생기가 돌았다.

"정확히는?"

그 질문에 문지기는 시간을 슬쩍 확인했다.

"이제 5시간째가 되어 가는군요."

"……5시간이라. 단순 형체만 유지하는 정도인가?"

"라믹 분교에서 온 물과 어둠의 더블 캐스터 테슬라를 기억하시죠?"

"갑자기 그 학생은 왜? 설마 그 녀석이 구현한 건가?"

"아, 아닙니다. 그 학생이 둠 리포졸을 상대로 1시간이나 싸우고 있더라고요."

"호오? 1시간?"

그제야 타일런트의 입가에 미소가 드리웠다.

이것이 시사하는 바가 상당히 컸기 때문이다.

마나 먹는 하마라 불리는 둠 리포졸을 5시간 동안 유지한 걸 넘어서, 그중 1시간은 전투까지 치렀다.

둠 리포졸은 전투 상태로 접어들면 마나 소모량이 급격히 늘어난다.

마나 소모량은 출혈과 똑같다고 보면 된다.

출혈도 일정량이 넘어서 버리면 분수 치며 과다출혈로 사망에 이르게 되지 않던가.

즉, 둠 리포졸로 인한 급격한 마나 소모는 시전자도 조절, 감당할 수 있는 수준이 아니기에 그대로 번아웃을 생략하고 뇌사가 올 수 있다.

그런데 5시간이나 유지하고, 그중 1시간은 전투까지 치렀다는 것은 그 정도로 마나를 쏟아부어도 가용한 마나가 훨씬 더 많이 남아 있다는 뜻이었다.

본교 6층 학생들 기준으로도 전부 지속 시간을 2시간도 넘기지 못한다.

　심지어 둠 리포졸을 구현하는 중엔 다른 마법은 절대 사용할 수 없었다.

　"그래서 둠 리포졸 시전자가 누군데?"

　"에드 분교에서 온 아르텔입니다."

　"설마…… 그 학생, 더블 캐스터인 것도 모자라, 파이(π)인가?"

　"정황이…… 그렇다고 말하는 것 같습니다."

　파이는 마법사가 가진 마나양, 그것을 나타내는 고유 지칭이다.

　무한대라고 할 수 있을 정도로 정확히 측정할 수 없이 방대한 마나를 가진 마법사.

　그런 마법사를 파이라고 부른다.

　이는 예전부터 정해진 것이 아닌, 타일런트가 대마법사가 되고 나서 정의한 용어다.

　이 시대는 아무리 발전했다고 해도, 마법사가 가진 최대 마나양을 정확히 측정할 수 있는 방법이 없다.

　이유는 마나란 측량하기 거의 불가능한 존재이기 때문이다.

　공기를 밀폐 용기에 담는다고, 용기의 무게가 늘어나지 않는 것과 비슷한 이치다.

　마나란 형체, 무게도 없기에 측정 방법이 없었던 것이다.

　따라서 해당 마법사가 가질 수 있는 마나의 한계가 어디까지인가.

그리고 현재 가용할 수 있는 마나는 어디까지인가.

이 문제는 마법사들이 여전히 풀지 못한 숙제였다.

그래서 타일런트가 고안한 방법이 바로 둠 리포졸.

현존하는 마법 중 가장 많은 마나를 소모하는 마법을 알려주고, 얼마나 유지하느냐를 두고 학생이 가진 마나를 가늠하는 방법이다.

이것이 본교 6층의 학생 대다수가 둠 리포졸을 사용할 수 있는 이유였다.

그리고 정말 아르텔이 파이라면, 타일런트에겐 그 무엇과도 바꿀 수 없는 소중한 재료다.

무한대와 맞먹는 마나를 가진 학생.

그 학생을 재료로 변환하고, 자신이 흡수하기만 한다면 현재 8할쯤 오른 봉인석을 탈 없이 흡수하는 것도 당장 눈앞에 놓인 현실이 되기 때문이다.

재료로 삼은 학생의 마나가 광대할수록, 자신의 정신력도 그만큼 광대해지며 사일러드의 힘을 흡수해도 부작용은 없을 거란 계산이 있으니까.

타일런트에겐 실로 입맛이 다셔지는 소식이지 않을 수 없었다.

"그나저나 그 학생이 둠 리포졸을 어떻게 익혔을까요?"

문지기는 그 부분에 집중했다.

낡은 마법이라는 것은 아주 예전에 유행했던 마법이지만, 지금은 그 유행의 바람이 더는 불지 않는다는 뜻이다.

즉, 그런 마법을 어떻게 이제 막 본교로 온 학생이 자유롭게 구현하고 있느냐는 의문이었다.

"에타르가 보낸 놈이잖아. 에타르한테 배웠겠지."

하지만 타일런트의 답은 간단했다.

"그러고 보니 더블 캐스터인데도 둠 리포졸은 불 원소로만 사용했더라고요. 그게 이상하다고 생각했더니……."

"이제야 대충 그림이 맞아떨어지네."

그리고 뭔가를 느낀 표정이었다.

"어떤……?"

"에타르가 왜 아르텔을 갑자기 내 학교로 보냈는지 말이야. 둠 리포졸을 알려 주고, 아르텔이 가진 마나양을 사전에 미리 파악했던 거야. 에타르답지 않게 제법 머리 좀 굴렸군."

타일런트의 명석한 두뇌와 정서를 바라보는 넓은 안목이 오히려 지금은 독이 된 걸까?

그의 오판의 범위가 광범위하게 넓어졌다.

"그 말씀은…… 파이라는 걸 에타르도 알아채고 일부러 보냈다……?"

"그렇지. 제 딴에는 분명 아르텔이 내 적수가 될 거라고 생각하고 보낸 거겠지. 무려 파이에 더블 캐스터란 재능을 가진 놈이니까. 하지만."

이제 타일런트는 입꼬리를 올렸다.

"꽃을 피우기 전에 꺾어 버리면 그만 아니던가?"

타일런트도 확실히 알 수 있는 것은, 에타르가 가진 카드는 아르텔이 전부란 것.

'고작 그 두 재능만 믿고 겁도 없이 내게 보내다니.'

이렇게 허술하게 준비했을 리는 없다고 생각했다.

에타르도 무언가 그리고 있는 것이 분명히 있다.

하지만 타일런트에겐 전혀 상관없었다.

그의 말대로, 꽃은 비로소 피어야만 그 아름다움이 탄생한다.

하나 피우기도 전에 싹을 짓밟아 버린다면?

진가를 발휘하지 못한 채로 존재의 기억조차 사라진다.

본교는 타일런트만의 정원이라고 한다면, 각 층에 있는 학생들은 꽃이라 할 수 있다.

재능 있는 학생들은 아름다운 꽃처럼 금방 눈에 띄어, 정원의 주인인 타일런트의 손으로 신속히 전해진다.

따라서 에타르의 재능이 완전히 만개해서 위협적으로 변하기 전에, 뭉개서 없애 버리면 그만이었다.

"아르텔을 최대한 빨리 이리로 데리고 오도록."

"알겠습니다."

"그리고 나머지 소식 하난 뭐야?"

"이번에도 에드 분교에서 온 헤이 학생에 관한 소식인데요."

"뭔데? 호재라며?"

"저도 조금 놀랐습니다만……."

문지기는 그렇게 나머지 소식까지 전했다.

"끄끄끄끅. 호재(好材)가 둘이군."

소식을 들은 타일런트는 무엇이 그리도 재미있는지, 어깨를 들썩이며 소름 끼치게 웃었다.

⁂

둠 리포졸을 구현해 놓은 교실 문에 도착했을 때였다.

화르르륵–!

촤라라락–!

닫힌 문 안에서 들린 소리다.

'물소리……?'

내가 교실에 도착하자 간지러운 촉감은 더욱 요동쳤다.

점점 더 격한 전투를 벌이는 중이란 뜻이다.

안에서 들려오는 물소리.

그것을 확인하기 위해 문을 벌컥 열었을 때였다.

문을 열자마자 뭐라 설명해야 할지 모를 광경이 내 눈앞에 떡하니 그려졌다.

둠 리포졸이 상대하고 있는 학생은 바로 라믹 분교에서 온 테슬라.

둠 리포졸은 두 손을 가슴 부근에 모으며, 화염 구체를 모았고 그것을 대포처럼 테슬라를 향해 쏘아 댔다.

밴시, 키에나, 헤이를 제외한 모든 학생을 적으로 인식하도록 설계해 놨기 때문에 당연한 반응이다.

하지만 테슬라.

그는 내게 충격을 안겨다 주는 중이었다.

그는 순수하게 물 원소만을 이용해서 둠 리포졸의 공격을 받아 내고 있었다.

'……고작 6서클이?'

저런 합을 1시간이나 넘게 주고받았다는 뜻이다.

1시간을 버틴 것도 용한데 테슬라의 몸엔 상처 하나 없었다는 것도 큰 충격이다.

난 일단 둠 리포졸의 작동을 멈추었다.

둠 리포졸은 석상처럼, 몸을 감싼 화염이 전부 사라지고, 딱딱하게 굳었다.

"어라? 이거 왜 갑자기 멈췄지……? 야! 다시 해 봐!"

테슬라는 내가 들어온 줄 모르고, 둠 리포졸에게 말했다.

둠 리포졸은 무생물이기에 들리지 않지만, 테슬라는 그걸 모르는 듯했다.

"아, 이게 되게 좋았는데……. 왜 갑자기 작동을 멈췄지?"

이제 그는 둠 리포졸에 바짝 다가가 상태를 살폈다.

말투와 표정 전부 아쉬움이 진하게 묻어 나왔다.

"뭐가 좋았다는 거지?"

"어? 아르텔?"

그제야 그는 내가 들어왔단 것을 알았다.

"설마…… 이거 네 마법이야?"

이제 둠 리포졸을 가리키며 오히려 역으로 물어 왔다.

표정엔 호기심이 가득하다.

"그렇다면?"

내 답을 듣고 이젠 눈빛이 빛났다.

"우와~! 너 엄청 강한 마법사구나? 이 마법 정체가 뭐야? 상성인 물 원소로 공격해도 끄떡도 안 하던데!"

"뭐가 좋았다는 거냐고."

난 그의 질문은 무시했다.

"아, 그거? 그냥 상대하다 보니까 엄청 좋은 연습 상대를 만난 것 같은 기분이 들었거든. 그래서 계속 얘랑 놀고 있었는데."

놀아?

설마, 둠 리포졸을 수련용 도구로 생각했다는 뜻인가……?

역시, 비범한 마법사임이 틀림없다.

"여긴 왜 왔지?"

"왜긴! 제단 뺏으러 온 거지!"

참 당당히도 말하는 중이다.

그런데 그의 이어지는 말이 내 귀를 거슬리게 했다.

"저쪽 교실은 경쟁자가 너무 많아서 이쪽으로 온 건데, 여기로 안 몰린 이유가 있었구나."

"저쪽 교실에 경쟁자가 많아?"

"응, 마흔 명이나 몰려서 가던데."

"……마흔 명?"

순간 불길한 기운이 엄습했다.

'설마, 마흔 명이 헤이 하나 잡겠다고……?'

"야, 아르텔, 저거 다시 작동시켜 주면 안 돼? 물 원소사인 나한테 있어서 훌륭한 수련 도구인데."

테슬라는 아랑곳하지 않고 하고 싶은 말만 해 댔다.

본래 그는 어둠 원소도 다룰 수 있지만, 물 원소로만 상대한 듯했다.

아마도 상성으로도 극복할 수 없는 둠 리포졸을 정복하고 싶은 오기가 치솟은 모양이다.

지금 그의 목적은 오로지 내 둠 리포졸이다.

"그러든가."

난 둠 리포졸을 다시 작동시키고 서둘러 교실을 나섰다.

작동시킨 이유는 테슬라의 수련 따위를 돕기 위한 게 아니다.

둠 리포졸은 효율이 상당히 좋지 않다는 단점이 있다.

하지만 그런 치명적인 단점 뒤엔 당연히 장점도 존재한다.

세상의 이치는 흑백의 명암과 같다.

어두운 게 있다면 그 반대편엔 꼭 밝은 게 있다는 뜻이다.

둠 리포졸은 효율이 좋지 않다는 어두운 면을 가지고 있지만, 밝은 면은 바로…….

제대로 유지만 할 수 있다면, 현존하는 마법 중 가장 강한 피조물 마법이라는 것이다.

나는 그 위력을 테슬라에게 제대로 보여 줄 생각이다.

네가 가지고 놀 수 있는 장난감 따위의 가벼운 마법이 아니라는 경고다.

그래서 이번엔 둠 리포졸이 불 원소만 사용하지 않고, 불과 어둠 원소 전부를 사용하도록 했다.

따라서 둠 리포졸의 몸을 뒤덮은 화염은 새빨간색이 아닌, 검정색이었다.

"어…… 이건 조금…… 위험해 보이는데……?"

등 뒤에서 테슬라의 목소리가 들렸다.

조금은 위축된 상태였다.

그렇게 난 부랴부랴 헤이가 있는 교실에 도착했다.

교실의 문은 열려 있었다.

그러나 교실 입구부터 범상치 않은 광경이 펼쳐졌다.

바로 수많은 학생들이 정말 시체라도 된 것처럼 기절한 채로 여기저기 널브러진 상태다.

쓰러진 학생들은 뒷전이다.

그들을 피하며 교실 안으로 완전히 들어섰을 때였다.

"……세상에."

헤이는 제단 앞을 지키는 내 둠 리포졸처럼 처음 서 있었던 그 자리에서 꼼짝하지 않고 있었다.

하지만 다른 학생들과 마찬가지로 쓰러진 상태였다.

난 이제 쓰러진 학생들의 상태를 살피며 그 수를 세어 봤다.

정확히 마흔 명.

그리고 학생들의 몸엔 여기저기 화상의 자국이 있었다.

그에 비하면 헤이의 몸은 가벼운 타박상과 찰과상뿐이었다.

"……설마, 혼자서 다 처리했다고?"

아무리 에드 분교에서 포머를 이기고 본교에 입학했다지만…….

6서클 학생 마흔 명을 한꺼번에 상대할 정도로 괴물이 되었다니?

마흔 명이면 1층에 있는 학생 총원의 절반이 넘는다.

그렇다는 것은 학생들이 한꺼번에 덤빈 게 아니라면, 헤이 혼자서도 충분히 1층을 평정할 힘을 가졌다는 뜻이다.

갑자기 손잡은 마흔 명의 학생들.

아마 이런 상황일 것이다.

헤이가 아무리 더블 캐스터라고 해도 학생들의 눈엔 고작 오늘 막 입학한 새내기일 뿐이다.

게다가 새벽 시간은 사람이 느슨해지기 아주 쉬운 시간대다.

그것을 이용하여 토끼라고 생각한 헤이를 포식하기 위해 사냥꾼들이 들이닥친 건데, 하필이면 헤이가 토끼가 아닌 더욱 무자비한 상위 포식자였던 것이다.

안 그래도 우리는 입학하자마자 생태계 파괴자란 별명을 가졌는데, 이 학생들은 그런 파괴자를 포식하러 왔다가 역으로 포식당한 꼴이다.

난 헤이를 등에 업었다.

미미하긴 하지만, 어쨌든 부상은 입은 몸이니 양호실로 옮겨야 하지 않겠나.

내가 자리를 비운 사이에 다른 학생이 와서 제단을 다시 차지할 수도 있겠지만, 지금 그런 게 중요한가?

어차피 입구부터 학생들이 쓰러져 있어서 들어올 엄두도 안 날 거고, 설사 들어온다고 해도 내가 다시 뺏으면 그만이다.

그렇게 난 양호실로 향했다.

'더럽게 무겁네.'

확실히 근육 덩어리 마법사라 무게도 만만치 않았다.

헤이를 양호실에 안착시키고, 내가 키에나가 올 때까지 제단을 지켰다.

드디어 키에나 차례가 되었을 때, 키에나는 입구에서부터 표정을 찡그리며 들어왔다.

"왜 아르텔 네가 있어? 헤이는 어디 가고. 얘네는 다 뭐야……?"

난 키에나에게 상황을 설명했다.

"세상에…… 헤이가 얘들 상대로 제단을 지켰다고? 벌써 그렇게 강해진 건가."

키에나는 조금 의외의 반응을 보였다.

뭔가 감탄한 듯도 했지만 특별한 반응은 아니었다.

평소 키에나의 성격이었다면 조금은 유난스러운 반응을 보였겠지만, 지금은 또 차분하다.

'그러고 보니 키에나도 성격이 조금 변한 것 같은데…….'

차분함이 아니라 오히려 무뚝뚝해진 것 같다고 해야 할까.

단순히 아직 덜 깬 것일지도 모르겠다.

하지만 키에나가 전과 비교하면 말수가 적어진 것은 분명
했다.

키에나와 대화를 잠깐 주고받았던 그사이, 쓰러진 학생 중
소수가 깨어났다.

그들은 우리를 흘깃 쳐다보더니 뭔가 분하다는 표정을 짓
고는 쓰러진 제 친구를 데리고 교실을 하나둘씩 떠났다.

"피곤했겠다, 아르텔. 이제 내가 지킬 테니까 가서 쉬어."

"어, 그래도 혹시 모르니까 긴장해. 언제 다시 또 떼거리
로 몰려들지 모르잖아?"

"걱정하지 마."

키에나는 당차게 답했다.

그렇게 키에나를 홀로 두고, 난 기숙사로 돌아가던 중에
둠 리포졸이 지키는 교실을 슬쩍 확인했다.

테슬라는 완전히 기력이 빠진 상태로 벽에 기댄 채 축 늘
어져 있었다.

하지만 눈에 여전히 거슬리는 건, 그의 교복에 어떠한 흠
집도 없다는 것이었다.

'······대단하네.'

테슬라.

저 학생도 범상치 않다.

어쩌면 경계해야 할 상대일지도 모르겠다.

내 둠 리포졸을 상대로 어떠한 공격도 당하지 않았다는 건 그가 틀림없이 큰 재능을 가진 마법사란 뜻이니까.

기숙사에서 자고 일어났을 때였다.

[아르텔]
−포인트 : 16/30

"응……?"

내가 잠이 든 사이, 3급 제단이 또 활동했고 키에나나 밴시나 그걸 성공적으로 잠재웠으니 다시 포인트 5가 추가되었다.

그런데 그것보다 더 거슬리는 건 바로 '30'의 포인트.

1층 졸업 조건은 50포인트를 달성했을 때다.

그래서 뒤쪽 포인트는 늘 50이 고정이었다.

그랬던 숫자가 지금은 20이나 줄어든 것이다.

"왜?"

이 포인트를 보자마자 반사적으로 저 말이 튀어나왔다.

느닷없이 졸업 조건을 하향 조정한 이유가 뭘까?

그리고 동시에 복도에선 학생들의 웅성거림이 들려왔다.

"야! 모브 확인했어? 갑자기 포인트가 낮아졌던데?"

역시, 다른 학생들도 집중할 수밖에 없는 변화였다.

"어. 나도 확인하자마자 혹시 오류인가 싶어서 교수님한테 물어봤는데, 아니래. 이번에 교육 과정이 변경돼서 30포인트로 낮아진 거래."

"오? 그래? 이게 웬 떡이냐."

"심지어 모든 층이 그렇대. 기존 50포인트에서 하향 조정된 30포인트. 6층까지 그렇다더라."

"하긴, 50포인트는 너무 많았어. 안 그래?"

"그렇지. 제단이 그렇게 자주 열리는 것도 아니고, 위층으로 가는 애들보다 퇴학당하는 애들이 더 많았다고 할 정도였으니까."

"그럼 이제 3급 제단 두 개 먹은 에드 분교 새내기들만 처리하면 되나? 제단만 빼앗으면 우리도 바로 위층으로 갈 거 아냐?"

"그렇지. 근데 신기하지 않아?"

"뭐가?"

"걔들이 입학하자마자 제단이 엄청 자주 열리잖아. 새벽에 또 3급 제단 열렸대."

"뭐야, 그럼 어제 하루에만 세 번이 열린 거야?"

"그렇다니까?"

역시, 제단이 자주 열리는 건 비정상적인 상황이었다.

내가 잘못 기억하고 있는 게 절대 아니었다.

"자주 열려야 일주일에 세 번쯤이었는데 무슨 바람이 분 거지? 그런데 그것도 에드 분교 애들이 처리한 건가?"

"응."

"걔들은 운도 좋네. 입학 첫날에 16포인트나 가져가고. 벌써 절반이나 채운 거잖아."

"차라리 얼른 걔들이 30포인트를 모으게 놔두는 것도 방법이지 않나?"

"그게 무슨 소리야?"

"생각해 봐. 제단이 자주 열리는 이 상황에서 굳이 걔들 제단을 뺏을 필요가 있을까? 마흔 명이 한꺼번에 덤볐는데 그 우락부락한 놈 하나를 못 이겼잖아."

확실히, 본교 학생은 생각하는 방식이 에드 분교 학생들과 비교하면 달랐다.

애초에 경쟁 상대가 되질 않으니 일부러 건드리지 않고 먼저 올려 보내자는 의견이다.

우리가 1층을 떠나게 되면, 혼란스러웠던 1층의 생태계는 전으로 돌아오게 될 거니까.

나름 합리적인 의견이다.

그러나 저 생각엔 치명적인 단점이 있다.

"그런데…… 제단이 또 자주 열린다는 보장이 없잖아?"

바로 저거다.

일주일에 많아야 세 번 열렸던 제단.

고작 어제 하루 세 번 열렸다고, 앞으로도 그런다는 법은 없다.

어제 하루만 유별났던 것일 수 있으니, 앞으로는 전보다도 더 적게 열릴 수도 있는 것이다.

제단이 열리는 것은 오직 꼭대기에 봉인된 사일러드가 결정하는 것이기에 나도 추측할 수 없다.

"그렇긴 한데, 그럼 며칠 더 지켜보면 되지 않아? 제단이 갑자기 자주 열리면, 앞으로도 그럴 거라는 뜻이니까 에드 분교 네 명은 그냥 놔두자고."

시간을 두고 상황을 살펴본다라⋯⋯.

꽤 괜찮은 선택이다.

아마 나 같아도 그런 선택을 했을 것 같다.

단지 내게 주어진 시간이 충분하다면 말이다.

"음⋯⋯ 그거 좋은 생각이네! 어차피 우리는 2년 차니까 시간은 넉넉하잖아. 굳이 힘 뺄 필요 있나."

"그럼 오늘부터 할 일은 제단이 얼마나 자주 열리나, 그걸 감시하는 건가~."

그렇게 학생들의 대화 소리는 더는 들리지 않았다.

"그렇단 말이지?"

그 덕분에 수고는 덜었다.

내 기숙사 앞을 지나간 학생들이 누군지는 모르나, 꽤 값진 정보를 주고 갔다.

첫째, 1층을 졸업하는 조건이었던 50포인트가 30으로 하향 조정된 건 의도된 게 맞다.

그리고 둘째.

학생들이 더는 우리를 상대하고 싶어 하지 않다는 것까지.

손 하나 까딱하지 않고 제법 고급 정보가 알아서 굴러들어온 꼴이다.

그중에서 내가 듣고 나서 제일 마음이 놓였던 소식은 바로 학생들이 우리를 건들지 말고, 조용히 올라가게 놔두자고 생각한 거였다.

물론, 모든 학생이 같은 생각일 리는 없다.

하지만 난 적어도 지금 1층의 상황에 한해선 거의 모든 학생이 방금 대화를 나눈 학생과 똑같은 생각을 하고 있는 중이라 확신할 수 있었다.

이유.

너무 간단하지 않은가?

1층의 총원은 대략 예순 명.

우리 셋을 제외하면 예순 명이 되지도 않는다는 뜻이다.

그중 절반이 넘는 마흔 명을 헤이 혼자서 상대하고, 전부 양호실로 보내 버린 사건이 바로 어제 나오지 않았던가?

헤이 한 명 잡겠다고 마흔 명이 나섰는데 이기지도 못했으니, 팀으로 활동하는 우리가 넷이 함께 있다면, 1층 총원 전부가 달려들어도 절대 이길 수 없다고 이미 날카로운 판단이

선 것이다.

단순히 운이 안 좋아서?

그날 컨디션이 별로라서?

그건 일대일의 대련에서나 써먹을 수 있는 핑계다.

40 대 1로 져 놓고 저런 핑계를 댈 학생은 없다는 뜻이다.

'1층은…… 이렇게 안전하게 통과인가.'

당분간 제단을 뺏기 위해 급습하는 일은 없다고 봐도 무방하다.

솔직히 말하면, '이 정도면 방심해도 되지 않을까?'라는 느슨한 생각까지 불러왔다.

'그래도 조심해서 나쁠 건 없지.'

만에 하나란 게 있으니, 그것만 조심하면 될 거라고 내가 생각하던 순간이다.

"야! 빅뉴스! 제단이 또 열렸대!"

다시 복도에서 어느 학생의 흥분한 목소리가 들렸다.

아까 대화를 주고받던 학생의 목소리랑은 달랐다.

그런데 뒤에 이어진 소식에 다시 의아했다.

"뭐? 어디?"

"어디고 자시고가 아니라! 여섯 개가 한꺼번에 열렸어! 하나라도 건져야지!"

이건 또 무슨 일인가.

그의 조급함

이번엔 1층에 있는 제단 전부가 열렸다라…….

제단이 동시에 열렸다는 소식을 접한 학생들은 다시 부리나케 움직였다.

복도를 직접 눈으로 살피지 않아도, 분주한 학생들의 발소리 덕분에 알 수 있었던 것이다.

그와 동시에 내가 내 모브를 확인했을 때였다.

[아르텔]

−보유 포인트 : 21/30

또다시 5포인트가 올랐고, 3급 제단에서 나온 몬스터가 처리되었다는 증거다.

우리는 1층에 있는 3급 제단 두 개를 전부 차지한 상태.

제단이 열림과 동시에 3급 제단 중 하나가 처리되었다는 뜻이다.

지금 시간이면 밴시가 지키고 있을 차례다.

아마 방금 오른 포인트는 내 둠 리포졸이 지키고 있는 교실에서 몬스터가 처리됐기 때문인 것 같았다.

밴시도 강한 마법사이긴 하지만 플레우드라는 것만 빼면, 냉정한 평가지만 본교의 평균적인 학생과 똑같다.

따라서 제단에서 몬스터가 나오자마자 처리할 수 있는 건 내 둠 리포졸밖에 없다고 생각했다.

그래도 혹시 모르는 법이니 밴시가 있는 교실로 향했다.

✦

2급 제단이 있는 도서관 구석에 소수의 학생이 몰렸다.

본교 1층 생활을 기존에 하고 있던, 소위 말하는 본교 밥 좀 먹은 학생들이다.

도서관 구석에 모인 학생의 수는 다섯.

인원은 다섯 명이지만, 팀으로 따지면 2팀이 모였다.

다섯 학생은 공통적으로 얼굴이 잔뜩 상기되었다.

이유는 간단했다.

그들이 본교 생활을 하면서, 지금이 가장 경쟁력 없는 황금의 시기였기 때문이다.

헤이라는 신입생이 혼자서 마흔 명을 상대하고, 전부 양호실로 보내 버린 것도 와락 안아 주며 예뻐하고 싶을 지경이었는데, 오늘은 또 무슨 특별한 행사라도 하는 것인지 1층에 있는 여섯 개의 제단이 한 번에 열렸다.

따라서 이미 3급 제단을 차지한 아르텔 일행 제단은 버리고, 남은 네 개의 제단을 스무 명이 나누게 되다 보니 1층 역사상 경쟁력이 가장 떨어지는 시기라 할 수 있었다.

그렇다 보니 서로 마주하고 있는 학생들은 이제 바로 제단 차지를 위해 경쟁해야 하는데도 웃고 있었다.

다섯 명의 학생들 전부가 지금 이 순간엔 똑같은 생각이었으리라.

'너희들은 충분히 제칠 수 있다.'

하지만 그 생각은 잠시뿐이었다.

휘이이잉-!

그들이 있는 곳에 불어닥친 한 줄기의 검은 바람.

"어어……?"

학생들은 저항할 새도 없이 몸이 벽과 책장으로 밀려 났다.

그들의 몸을 훑은 바람은 몸을 옴짝달싹 못하게 하는 거미의 끈끈한 고치처럼 변하며 단단하게 포박했다.

그리고 제단 앞으로 모습을 드러낸 한 학생.

검은색과 회색을 정확하게 반반씩 가진, 또 다른 신입생 쿠로였다.

"그렇게 가만히 있어. 여긴 내가 접수할 거니까."

쿠로도 3급 제단을 포기하고 이곳으로 온 것이다.

3급 제단에 있는 에드 분교 출신 신입생들을 혼자서 상대할 수 없다는 합리적인 계산을 마치고.

쿠로는 입꼬리를 올렸다.

본교 1층 학생들이 자신의 마법을 풀지도 못하고 바둥거리는 꼴이 정말 거미줄에 걸린 날벌레 같았다.

'에드 분교 출신들만 아니면 나도 본교에서 꽤 실력 있는 거잖아?'

그리고 새로운 깨달음도 얻는 계기가 되었다.

2급 제단이 있는 또 다른 곳.

복도 구석에도 도서관 구석과 똑같이 소수의 학생들로 붐볐다.

2급 제단이 열리면서, 그 소식을 접한 학생들이 부리나케 찾은 것이다.

숫자도 도서관과 똑같이 다섯 명.

그러나 불청객 한 명 때문에 미리 온 다섯 학생은 바닥에서 힘겹게 기는 꼴이 되고야 말았다.

라믹 분교 출신의 물과 어둠의 더블 캐스터, 테슬라.

그가 바로 이곳을 찾은 불청객이다.

테슬라도 제단 전부가 열렸다는 소식은 어렵지 않게 접할 수 있었고, 마침 오는 길에 쿠로가 도서관 쪽으로 향한 것을 보고 목적지를 여기로 택한 것이다.

어차피 제단이 전부 열린 시점이고, 같은 더블 캐스터인 쿠로와 힘을 빼며 경쟁할 하등의 이유도 없는 상황이다.

3급 제단 두 개는 이미 아르텔의 팀이 차지한 상태였고, 무엇보다 아르텔의 피조물이 지키고 있는 곳도 있기에 그곳을 뚫는 건 무리였다.

따라서 같은 더블 캐스터가 오지도 않았으며, 가장 쉬운 곳.

바로 또 다른 2급 제단이 있는 이곳을 찾은 것이었다.

테슬라가 등장하자마자 복도 구석에서 검은 파도가 몰아닥쳤고, 무거운 무게를 가진 파도로 인해 먼저 온 다섯 학생이 테슬라를 경배하는 것처럼 바닥에 납작 엎드리게 된 것이다.

불 원소사가 두 명 있었는데, 자신의 불로 어떻게든 테슬라의 파도를 증발시키려 하는 중이지만 파도엔 흠집 하나 나지 않았다.

'음, 아르텔의 그 피조물 마법에 비하면 정말 약하구나.'

그 덕분에 테슬라도 한 가지는 확실히 알 수 있었다.

1층 본교에 있는 학생들의 수준은 아르텔에 비하면 현저하게 떨어진다는 것을.

그것을 또 반대로 말하면, 아르텔만 넘어서면 자신과 대적할 학생은 없다는 뜻이다.

그런 생각 때문이었는지, 테슬라는 저도 모르게 입꼬리가 올라갔다.

그와 동시에 2급 제단이 뱉어 낸 몬스터가 처리되며, 그의 포인트가 올라갔다.

'본교도 별거 없네.'

뱅시가 있는 교실 문 앞에 도착했을 때였다.

[아르텔]
-포인트 : 26/30

다시 5포인트가 올랐다.

내가 기숙사에서 이곳으로 향한 시간이 그리 길지 않았는데, 아무래도 뱅시가 그 짧은 사이에 처리한 것으로 보였다.

그렇게 문을 열고 들어가자, 뱅시는 평온하게 마법을 연습하고 있었다.

본교로 넘어오기 전, 에드 분교에서 내가 내준 숙제인 유나이트였다.

"오셨어요?"

밴시는 직접 눈으로 내 존재를 확인하지도 않았는데 인사를 먼저 건넸다.

"나인 줄 어떻게 알고?"

"감지 마법 하나를 새로 익혔거든요. 이 교실 반경 2미터 내에 누가 오는 중인지 제가 알 수 있도록요."

오호라.

언제 또 그런 걸 다 익혔을까?

그런데 내가 오면서 느꼈지만, 감지 마법으로 보이는 어떠한 장치 같은 건 없었다.

아니, 그보다 더 중요한 문제는 모브와 같이 상대가 누군지 직접적으로 알려 주는 게 아무것도 없었는데도 저렇게 정확한 게 의아했다.

그것을 물었을 때다.

"아, 제 감지 마법은 그냥 기운을 느끼는 거예요. 아르키스 님의 기운이야 저한테 익숙한 거니까 금방 알 수 있었죠."

그 말은 낯선 누군가가 다가오고 있음을 알아차릴 수 있지만, 동시에 상대의 정체는 모른다는 단점을 가지게 된다.

뭐, 이런 마법이 흔하기는 하지만 그래도 제법 어려운 마법에 속한다고 보면 된다.

감지 마법과 둠 리포졸과 같은 피조물 마법의 공통점.

지속형 마법이란 점이다.

다른 공격형 마법처럼 그때만 잠깐 구현하고 끝이 아닌, 계속 구현해야 하기 때문에 마나 소모량이 많아 어려운 것이다.

"내가 내준 숙제는 안 하고 이상한 걸 만들었네."

"내주신 숙제를 연습하다가 자연스럽게 터득한 겁니다. 이왕 익힌 거, 이렇게라도 써먹으려고요."

밴시는 여전히 평온하게 유나이트를 연습하며 답했다.

당연하게도 시선은 자신의 마법에 고정한 채로 내겐 눈길도 주지 않았다.

내가 옆으로 다가가자 그녀가 은근 날카로운 한마디를 남겼다.

"이렇게라도 써먹을 데가 있어야 버림받지 않겠죠."

물론, 씨알도 안 먹힐 떼쓰기에 불과한 말이지만.

"이게 무슨 상사병에 걸린 아련한 여자 흉내를 내고 있어. 그리고 감지 마법은 나도 사용할 줄 알거든!"

"아, 예. 어련하시겠습니까."

밴시는 새침하게 답했다.

"그런데 여기에서 그렇게 대놓고 플레우드를 연습하다가 다른 학생의 눈에 띄기라도 하면 어쩌려고?"

과제를 연습하는 건 좋은 자세지만, 상황과 장소가 좋지 않다.

무엇보다 우리는 철저하게 플레우드인 걸 숨겨야 하기도 하고.

"그래서 감지 마법을 개발한 거 아닙니까? 6시간이나 여기에 있어야 하는데 그 시간은 놀기엔 너무 아까우니까요."

역시, 준비는 철저하다.

마치 이미 준비된 답안처럼 답했다.

"뭐…… 그래. 아무튼, 여기 문 앞에 도착하니까 5포인트가 올랐던데, 네가 처리한 거야?"

"네. 쉽던데요. 다른 학생들이 몰려오면 어쩌나 걱정했는데 그런 일은 또 없었고요."

"아마 1층은 무난하게 통과할 것 같더라."

"왜요?"

밴시에게 복도에서 들었던 학생들의 대화를 전했다.

"아…… 다른 학생들은 그렇게 받아들이고 있는 모양이네요? 마침 제단도 자주 열리고 굳이 힘 빼며 경쟁할 필요가 없다라……. 확실히, 그게 제일 합리적인 선택이네요."

나름 기뻐하는 것까진 아니더라도 안심하기라도 할 줄 알았지만, 예상과는 달리 무덤덤하게 답했다.

"그런데 왜 갑자기 졸업 기준 포인트를 낮춘 걸까요? 이건 조금 이상하네."

밴시는 이제 가장 중요한 것에 집중했다.

"뻔하지."

"뭔데요? 그 뻔한 걸 저는 모르겠는데?"

"에드 분교와 여기의 차이점이 뭔데?"

"그렇게 애매하게 말씀하시면 어떻게 알까요? 기준도 없이."

"우등생이라는 기준을 두면?"

"아, 본교는 우등생이면 퇴학할 이유가 없죠? 타일런트는 우수한 학생을 원하고 있으니까요."

"바로 그거."

우수한 학생은 졸업을 핑계로 꼭대기로 끌고 가고, 그곳에서 재료가 되어 버린다.

이것이 에드 분교와의 극심한 차이였다.

"그런데…… 왜 갑자기 그랬을까요? 저희가 입학하기 전에도 우수한 학생은 많았을 텐데."

나도 그 부분을 잠시 생각했다.

의외로 답은 정말 어렵지 않게 튀어나왔다.

"그간 입학한 학생들이 아무리 뛰어나다고 한들, 더블 캐스터 네 명과 비교할 수 있는 재능이 있었을까?"

"그럼…… 갑자기 그 교칙이 바뀐 이유도 우리를…… 아니, 저는 더블 캐스터가 아니니까 제외하고. 아르키스 님을 포함한 네 명을 노리고?"

"그렇다고 볼 수밖에 없지."

밴시와 대화를 나누던 도중, 스치는 불안감을 느꼈다.

"아…… 이게 마냥 좋은 건 아니겠는데."

"왜요?"

타일런트가 갑자기 교칙을 바꾼 이유.

더블 캐스터가 네 명이나 들어왔으니 전부 재료로 바꾸기 위한 조치인 것은 알겠다.

그러나 육하원칙에도 '왜'라는 이유가 있지 않던가?

이건 어디까지나 타일런트가 교칙을 바꾼 목적이지, 이유는 아니다.

하지만 적어도 나는.

그를 한때 지도했던 스승인 나는.

그 이유를 알 것만 같았다.

'타일런트…… 지금 조급한 상태인가 본데……?'

타일런트는 내게서 대마법사란 자리를 빼앗기 위해 오랜 시간 순응하는 척하며, 칼을 갈아 왔다.

때를 기다릴 줄 아는 놈이다.

그런 놈이 이렇게 대놓고 교칙을 바꿀 정도라면, 지금 그의 상황이 좋지 않다는 뜻이다.

그 좋지 않은 상황은 분명, 꼭대기에 있는 봉인석.

사일러드의 힘이 상당 부분 흡수되었다는 뜻일지도 모른다.

'그러고 보니…… 최근 들어서 제단이 비정상적으로 자주 열리는 것도 좋은 징조는 아니야.'

사일러드가 힘을 사용할 때만 열리는 제단.

그가 꼭대기에서 힘을 자주 사용할수록, 봉인석은 그의 힘을 더 빨리 흡수한다.

그런데 1층의 상황만 하더라도 제단이 연달아 열리고 있다.

나머지 6층까지의 상황은 제대로 모르지만, 1층과 동일한 현상이라면 사일러드의 힘이 급속도로 쇠약해지고 있다는 뜻이 된다.

그렇다는 것은 내가 꼭대기에 도착하기도 전에 봉인석이 사일러드의 힘을 전부 흡수하고, 타일런트가 또 그것을 흡수할지도 모르는 일이다.

'큰일인데.'

"으음…… 그러니까 지금 이 현상이 그런 가능성을 내포했단 거죠?"

밴시에게도 내가 무엇을 염두에 두고 있는지 설명하자 그녀가 답했다.

적어도 밴시는 정말 자신의 일처럼 심각하게 받아들이는 중이었다.

엄연히 따지면 자신과는 상관없는, 나와 타일런트만의 싸움인데도 말이다.

"만약 그렇다면 그거 정말 큰일 아닙니까? 시간이 없는 거잖아요."

"애초에 첫 계획이 빠르게 꼭대기로 향하는 거였는데…… 더 서둘러야겠는데."

"그런데 꼭 졸업 기준 포인트까지 채워야 해요? 명색이 이 학교의 전 교장 선생님인데, 아무리 길이 막혔다고 해도 뚫고 가면 되지 않나요?"

밴시는 가볍게 물었다.

어차피 본교까지 안전하게 안착한 이 마당에, 굳이 끝까지 정체를 숨길 필요가 있는지 그게 궁금한 듯했다.

그녀가 이런 무모한 생각을 하는 것 자체가 우리에게 주어진 시간이 많이 없다는 조급함 때문일 터이다.

"여기가 6층쯤 되면 나도 그렇게 했겠지. 그런데 1층이다. 1층에서 2층 길을 뚫는 순간 타일런트도 알게 되고, 내 정체도 너무 쉽게 까 버리는 게 아니겠냐? 그럼 그동안 해 온 노력이 아무런 의미가 없어지는 거지."

1층부터 꼭대기로 향하는 길은 상당히 멀다.

직통으로 향한다고 해도, 포털만 일곱 개를 거쳐야 한다.

이미 내가 교장이었을 때의 길은 전부 막아 두고, 타일런트만의 길을 만들어 둔 상태.

그런 상태에서 아주 오래전, 300년 전이나 쓰던 길을 갑자기 뚫어 버리면 어떻게 될까?

전 대마법사 아르키스 에이머가 생환했단다.

이렇게 친절하게 알려 주는 꼴이다.

내 목표는 최대한 정체를 숨겨 마지막 순간에 드러내는 것.

그렇기에 그저 타일런트에게 대비할 시간을 주지 않으려는 것뿐이다.

내가 지금부터 그 정체를 드러내 버리면 타일런트도 충분히 대비할 시간을 가지게 되니 그다지 좋은 계획이 아니다.

"또 그런 복잡한 계산이 있는 줄은 몰랐죠……. 제가 학교를 관리해 본 적이 있어야지……."

밴시는 내 눈치를 보며 시무룩하게 답했다.

설명을 듣고 나니, 자신이 얼마나 무책임하고 생각 없는 제안을 했는지 깨달은 모양이다.

물론, 난 그걸 나무랄 생각도 안 했지만.

단순히 모르니까 그럴 수 있는 거다.

그렇게 밴시와 함께 이런저런 얘기를 나누다 보니 어느덧 내 순서가 되었다.

"그런데 안 피곤하세요? 새벽에도 헤이 때문에 깨서 별로 쉬시지도 못하고 바로 지키는 건데."

"옛날에 내가 저 위에 있을 땐 단 10분도 마음 놓고 못 잤어."

꼭대기에서 봉인석을 지킬 때 일이다.

언제 어떻게 활동할지 모르니 난 늘 봉인석 옆에 팔짱을 끼고 앉아, 고개만 떨구며 꾸벅꾸벅 졸았다.

그때 상황에 비하면 지금은 얼마나 황홀한 조건인가?

6시간만 지나면 적어도 마음 놓고 잘 시간이 있으니까.

"……아, 정말인지 사연 많은 마법사라니까요."

"시끄럽고 돌아가기나 해."

"넵!"

밴시가 교실을 완전히 벗어나기 직전이었다.

"아, 그래도 이제 9포인트밖에 안 남았네요? 이 추세라면…… 이번 주 안에 2층으로 갈 것 같지 않나요?"

"뭐, 그럴 수도 있지. 근데 그건 갑자기 왜?"

"그냥…… 그렇다고요. 혹시 지키다가 피곤하거나 무슨 일이 생기면 모브로 연락하세요. 교대해 드릴 테니까."

"그럴 일이 생기면 그렇게 하지. 그럴 일이 있을지는 모르겠지만."

"하여간 뭐든 시원하게 알았다고 하시는 게 없네요. 아무튼, 전 이만 물러갑니다!"

밴시는 내 답을 듣지 않고 그대로 교실을 나섰다.

'아닌데. 적어도 널 제자로 받아 주는 건 시원하게 승낙하지 않았냐?'

이건 조금 억울한 기분이 드는 것 같기도 하고?

뭐, 그런 기분이다.

"보름달이시여."

문지기는 무거운 표정으로 꼭대기를 다시 찾았다.

"표정이 왜 그 모양이지?"

"그게 말입니다…… 성배를 이제 네 개밖에 제조하지 못합니다."

"참으로 뭣 같은 소식이군. 어쩐지, 요새 좋은 소리만 들린다 했어."

이 둘이 성배라고 부르는 것은 바로 타일런트가 유능한 학생을 재료로 만드는 것을 일컫는다.

학생의 영혼을 추출한 물약.

그것이 바로 성배다.

이미 문지기가 문제가 있다고는 말한 적이 있었다.

타일런트도 이미 예상은 했던 문제이기에, 참담한 심정까진 아니었다.

그래도 네 개밖에 제조하지 못하는 것이 현재로선 치명적인 건 사실이다.

"노힐 가문 때문인가?"

"예, 성배 제조에 꼭 필요한 그 약초의 조달이 완전히 끊긴 시점이라서요."

"쥐뿔도 없는 놈이 나서길래 가주까지 만들어 주고 믿어

보려 했더니······. 결국, 믿는 도끼에 발등 찍힌 게 아닌가?"

노힐 지크가 가주가 될 수 있었던 방법.

그건 바로 드라코 가문이 필요로 하는 약초를 조달해 주는 것이었다.

타일런트의 입장에서는 기대도 하지 않았던 마법사지만, 때가 되면 꼬박꼬박 귀한 약초를 조달하니 그저 옆에 둔 것일 뿐이다.

하지만 몇 년 전, 그의 약초밭에 일어난 의문의 폭발을 시작으로 후엔 정체 모를 평민으로 위장한 뚱뚱한 마법사가 쑥대밭으로 만들면서 드라코 가문이 받는 약초도 완전히 끊겼다.

성배 제조에 꼭 필요한 약초인데 그로 인하여 성배도 예전처럼 마음대로 제조할 수 없는 상황이 되니, 그 분노가 노힐 가문에게로 향하게 되었다.

"도구는 쓸모없어지면 버리는 게 맞지. 고쳐 쓸 수 없으니까."

"그렇죠."

"무슨 뜻인지 알지?"

"네, 잘 알았습니다."

"쳐 내. 도구로서 그 값어치를 잃었는데 괜히 연결 고리를 유지했다간 우리까지 피해를 보지. 분명히 그 뚱뚱한 의문의 마법사, 조각사잖아. 노출이 다 됐다는 거지."

해당 마법사의 정체는 몰라도 짐작은 할 수 있다.

노힐 가문을 급습한 그 마법사가 불 원소사인 것만 봐도 정답은 정해져 있었다.

애초에 에타르도 불 원소사이니, 그를 수련시키기에 어렵지 않았을 거니까.

"조치하겠습니다."

"그럼 이제 내가 사용할 수 있는 성배는 고작 네 개뿐인 건가?"

타일런트는 봉인석을 흘깃 쳐다보며 물었다.

갑자기 활동이 잦아진 봉인석.

사일러드의 힘을 봉인한 영역이 눈에 띌 정도로 차오르고 있다.

물을 들이붓는 수준은 아니고 물방울을 모으는 것처럼 느리긴 하지만 분명히 그 모이는 속도가 눈에 보일 정도다.

지난 300년과는 비교할 수 없을 정도로 빠른 속도다.

"예, 신중하게 사용하셔야 합니다."

"신중할 게 뭐 있나? 마지막 남은 성배 네 개. 적합한 재료는 이미 충분하잖나?"

올해에 본교로 들어온 네 명의 더블 캐스터.

게다가 아르텔은 파이일지 모르는 재능을 가진 마법사.

우연의 일치도 이런 일치가 다 있을까.

누군가가 의도적으로 짜 맞췄다고 봐도 될 정도로 상황이 맞아떨어지고 있다.

이미 타일런트는 성배를 네 개밖에 쓸 수 없다는 말을 들은 순간, 어디에 사용할지 정한 상태였다.

그래서 아르텔을 포함한 네 명의 더블 캐스터들을 꼭대기로 빨리 오도록 하기 위해 층별 졸업 조건 포인트를 낮췄다.

"일단 넌 가서 성배부터 제조해. 노힐 가문은 친위대장 라믹 데이먼에게 넘기고."

"알겠습니다."

그렇게 문지기는 꼭대기에서 물러났다.

"그래도 확실히 하는 게 좋겠지? 아르텔, 그 학생이 정말 파이인지 아닌지 말이야."

타일런트는 이제 모브를 하나 꺼내 누군가에게 연락했다.

―예, 보름달이시여.

모브에선 정중한 여성의 목소리가 흘러나왔다.

드라코 케린이다.

"어, 하나 명령할 게 있다."

―무엇입니까?

"아르텔, 그놈이 파이 같거든? 그런데 확신이 없으니까 네가 직접 확인하라고. 넌 어차피 거기 있잖아."

―어떤 방법으로 확인하면 되겠습니까?

밴시와 교대하고, 시간이 꽤 지났을 때의 일이었다.

찌릿! 찌릿!

"……."

누군가 바늘로 쿡쿡 찌르는 것처럼, 기분 나쁜 전율이 온몸을 덮쳤다.

교실에 설치해 둔 둠 리포졸이 누군가에게 공격을 받고 있다는 뜻이다.

그런데 깃털로 간지럽히는 느낌이 아닌, 바늘로 찌르는 것 같은 이 느낌은…….

둠 리포졸이 받는 피해에 비례하여 시전자인 내게 가해지는 충격도 달라진다.

테슬라가 공격했을 땐, 그저 깃털로 간지럽히는 수준이었는데 지금은 따끔할 정도라면, 학생이 아니라는 것은 확실하다.

테슬라와 쿠로, 그 둘은 나와 헤이를 제외한 본교 1층의 더블 캐스터다.

그들이 1층에서 상당한 상위권 학생들인 것은 분명하다.

특히 테슬라가 내 둠 리포졸과 1시간이나 넘게 싸운 것만 봐도 잘 알 수 있다.

그런 테슬라도 내게 이렇게 큰 충격을 가져다주지 못했는데, 지금 의문의 누군가가 전해 주는 중이었다.

따끔한 느낌은 이제 정도를 지나쳐, 주먹으로 퍽퍽 치는 듯했다.

그 충격으로 나도 모르게 뒷걸음질을 살짝 치게 됐다.

에드 분교 6클래스에서 신체를 단련했으니 망정이지, 그게 아니었다면 이미 피멍이 들었을 것만 같았다.

그런데 이 정도 충격이라면…… 설마 1층의 교수가 둠 리포졸을 건든 걸까?

직접 확인하는 수밖에 없다.

아무리 나라고 해도, 이 충격을 계속 버틸 수 없기 때문이다.

마력은 대마법사인데 몸은 냉정하게 따지면 검사 학교 학생이니까.

장기간에 걸친 충격을 견딜 수 없는 몸이다.

'밴시한테는 그럴 일이 없을 거라고 했는데…….'

상황이 상황인지라 별수 없다.

하는 수 없이 나는 밴시를 호출했다.

피곤하면 교대해 주겠다고 했으니까, 지금처럼 급한 상황에서 믿을 사람이 그녀뿐이었다.

─밴시, 미안하다. 교대 좀 해 주라. 최대한 빨리.

모브를 통해 메시지를 보내고, 답장을 초조하게 기다렸을 때다.

밴시의 답장은 여전히 오지 않았다.

'젠장…… 잠들었나.'

시간은 어느덧 오후 10시.

잠들기엔 이른 시간이라고 할 수 있지만, 밴시도 혼자 제 단을 닫은 것부터 시작해 제법 소모된 에너지가 있으니 충분히 잠들 수 있는 시간이었다.

그사이, 날 때리는 촉감은 점점 더 심해져 이젠 가슴팍에 발길질을 무자비하게 퍼붓는 것만 같아졌다.

교복을 슬쩍 들추니, 피부가 빨갛게 달아올랐다.

이 정도 충격이면 보주화까진 아니더라도 해당 마법사가 구현할 수 있는 최고 수준의 마법으로 둠 리포졸을 때리는 중이란 뜻이다.

일단은 살고 봐야 하지 않겠나.

모르긴 몰라도 2시간이나 이 촉감을 버틸 맷집이 나에겐 없다.

"아악."

이젠 나도 모르게 외마디 신음이 새어 나올 정도였으니까.

'어쩔 수 없지.'

교실에 소환해 둔 둠 리포졸을 소멸시키려 할 때였다.

"무슨 일이세요?"

밴시가 내가 있는 교실에 모습을 드러내고 다급하게 물었다.

"⋯⋯모브를 봤으면 답장이나 하지 왜 기다리게 만들어?"

내 딴에는 긴박한 상황이기에 고운 소리가 나가진 않았다.

"아, 죄송합니다. 본교 모브도 믿을 게 못 되다 보니 답장을 생략하고 바로 달려온 거였습니다."

"일단 제단 좀 부탁한다! 금방 돌아오마!"

난 가슴 부분을 열었던 교복을 다시 가다듬으며 답했다.

"⋯⋯저기, 잠깐 아르키스 님? 가슴이 왜 그래요?"

빨갛게 달아오른 가슴이 밴시에게도 보인 모양이다.

하지만 그에 대한 답은 하지 않고 일단 둠 리포졸이 있는 교실로 향했다.

둠 리포졸이 있는 교실 문 앞에 도착했을 때였다.

끼리릭—!

칠판을 긁는 것 같은 소름 끼치는 소리가 굳게 닫힌 문을 뚫고 새어 나와, 내 귀를 괴롭혔다.

동시에 송곳으로 찌르는 느낌이 다시 느껴졌다.

'끼리릭이라⋯⋯.'

피격음이 '콰직' 혹은 '쾅!'과 같은 소리가 아니다.

둔탁한 마법으로 때리는 게 아닌, 정교하고 날카로운 마법으로 때리는 중이란 뜻이다.

그렇게 내가 문을 벌컥 열었을 때였다.

"이 둠 리포졸의 주인이 누군지 궁금했는데, 그게 너였니?"

내게 통증을 주며 괴롭혔던 범인.

예상대로 교수 케린이다.

심지어 그녀는 둠 리포졸을 때리던 중이었음에도, 느긋하게 팔짱을 끼고 시선은 출입문을 향해 있었다.

그녀의 등 뒤로 보이는 나의 둠 리포졸.

몸 여기저기에 검은 송곳이 박힌 채로 적으로 인식한 케린을 향해서 두꺼운 두 팔을 쉬지 않고 내리쳤다.

콰앙!

콰앙!

하지만 케린은 엄연히 교수.

드라코 가문 내에서도 입지가 확실한 마법사란 뜻이 아니겠는가?

둠 리포졸의 팔은 그녀의 몸에 닿지 않았다.

둠 리포졸이 팔을 내리칠 때마다, 케린의 몸에선 검은 결계가 부분적으로 생성되어 공격을 방어했다.

"이 둠 리포졸, 네가 소환한 거냐고."

케린의 표정이 차갑게 변했다.

어째서 교수의 질문에 학생이 대답하지 않느냐는 권위적인 모습이다.

"그렇다면요?"

"그래?"

끼리리릭–!

케린은 나와 대화를 하면서도 둠 리포졸을 향한 공격을 멈추지 않았다.

심지어 방금 찔러 넣은 검은 송곳은, 둠 리포졸의 단단한 팔을 관통해 버렸다.

아무리 내가 설치한 둠 리포졸이라고 하더라도 엄연히 피조물에 지나지 않기 때문에 교수인 케린의 공격을 견딜 수 없었던 것이다.

이런 성격은 소환사의 신물과 비슷하다고 보면 됐다.

마나를 주입해서 만든 것이기에, 자체적으로 마나를 생성하고 다룰 수 없다.

주입한 마나가 전부 떨어지면 자동으로 소멸한다.

그나마 전 대마법사였던 나이기에 둠 리포졸이 이 정도로 버틸 수 있던 것이지, 일반 학생이었다면 엄두도 못 냈을 건 분명하다.

케린의 마법으로 상해를 입은 둠 리포졸.

둠 리포졸이 찔린 부위는 오른쪽 팔.

똑같이 내 오른쪽 팔에도 상처가 생기고, 피가 한 줄기 흘렀다.

그제야 둠 리포졸은 수명을 다했는지, 불이 꺼지고 고개를 떨궜다.

"으흠. 너, 이 둠 리포졸을 얼마나 유지했지?"

케린이 드디어 내게 시선을 떼고, 불 꺼진 둠 리포졸을 바라보며 물었다.

내 입장에서는 상황에 맞지 않는 뜬금없는 질문이 아닐 수 없었다.

"모르겠는데요. 일일이 시간을 잰 적이 없어서요."

상대의 의도를 모르니 나도 방어적일 수밖에 없었다.

다른 사람도 아니고 드라코 가문의 마법사이며, 이 장소는 타일런트가 장악한 본교가 아닌가.

나도 아직 준비가 되지 않은 상태이기에 조심스러웠다.

"흐음? 그래?"

그런데 케린은 의미심장한 미소를 보였다.

자정이 가까워질 무렵, 노힐 가문은 귀한 손님의 등장으로 가문 구성원 전체가 바쁘게 움직였다.

노힐 가문의 가주 지크는 물론이고, 평민인 집사, 하녀들까지.

표정만 보면 곧 재앙이라도 닥치는 것처럼 겁을 잔뜩 먹은 얼굴들이었다.

그들은 정원부터 가꾸기 시작했다.

지속적으로 조각사로부터 공격을 받았기에 가문의 모습은 성할 날이 없었다.

조각사 소속인 게 분명하지만, 정체는 알 수 없는 의문의 뚱뚱한 마법사.

노힐 가문이 드라코 가문으로 조공하는 약초밭을 복구하려고 하기만 하면 늘 와서 헤집어 놓고, 가문까지 파괴한 뒤에야 홀연히 떠났다.

감시를 당하고 있으니 약초밭을 복구하려고 할 때마다 공격해 온다는 것은 지크도 잘 아는 사실이다.

그러나 정확히는 그가 어디에서 어떻게 감시를 하고 있는 것인지 여전히 갈피를 잡지 못하는 중이었다.

그런 골치 아픈 나날을 보내는 탓에 노힐 가문의 모습은 점차 폐허처럼 변해 가던 와중에.

친위대장 라믹 데이먼이 이 늦은 시간에 노힐 가문으로 직접 온다는 연락을 받았다.

무슨 목적으로 방문하는 건지는 지크도 모른다.

언제 친절하게 알려 준 적이나 있던가.

하지만 오늘은 상황이 달라도 너무 달랐다.

일단 이렇게 늦은 시간에 온다는 것도 의아했으며, 그간 지크는 본교 꼭대기에서 타일런트를 보좌하는 문지기를 통해서만 연락을 받았다.

그런데 오늘은 친위대장 데이먼이 직접 연락하고, 찾아온다는 것이었다.

'썩 좋은 징조는 아닌 것 같은데……'

지크는 불안할 수밖에 없었다.

그렇지 않아도 드라코 가문에 조공했던 약초도 끊겨, 한껏 눈치만 보고 있던 상황이라 지크가 그의 방문을 달갑게 받아들이는 것은 무리였다.

"아버지."

그때 그의 장남 슈페리얼이 옆으로 다가오며 말했다.

지크가 지시한 준비 상태에 대한 보고였다.

"얼마나 됐어? 이제 10분 뒤에 도착할 텐데."

"일단 내부는 전부 완료했습니다. 여기 정원만 조금 깔끔하게 정리하면 되죠."

이제 둘은 정원을 정리하는 평민들을 바라봤다.

그리고 그 속에 유독 눈에 띄는 빨간 머리 하나.

바로 노힐 하페르트다.

그는 에드 분교 1클래스에서 퇴학이 결정된 이후, 가문으로 내려왔다.

하지만 명색이 가문의 마법사인데 고작 1클래스에서 퇴학이라니.

그것도 다섯 분교 중 가장 실력이 형편없기로 소문난 에드 분교에서 말이다.

분교의 실력이 형편없다는 것이 다른 특별한 걸 뜻하지는 않는다.

될 마법사는 된다.

이것이 마법사들의 생각이고 지크도 그렇게 생각하는 사람 중 하나다.

아무리 에드 분교의 지도 방식이 체계도 없고 형편없다고 한들, 결국 재능 있는 학생은 눈에 띄기 마련이란 뜻이다.

그런데.

제 아들이 평민과의 경쟁에서 밀려난 것도 이성을 잃을 정도의 화가 치밀어 오르는데, 심지어 퇴학까지 당했다.

그래서 지크는 하페르트에게 벌을 내렸다.

가문 내에서 마법사라는 직위를 잃고, 가문에 있는 집사, 하녀들과 똑같은 평민의 신분으로 생활하는 중이다.

하페르트도 그 벌에 대해선 부당하다고 생각하지 않는다.

가문의 마법사로서 자긍심, 자부심 등등.

그 모든 것을 잃은 사건이 바로 퇴학이었으니까.

대신, 지크도 조건을 하나 내걸었다.

하페르트가 독학으로 마법을 단련하여 장남인 슈페리얼을 꺾으면, 그때 다시 마법사의 신분을 회복시켜 주기로 한 것이다.

하페르트도 기회는 있다는 생각이기도 했거니와 가주의 말을 거역할 순 없으니 순순히 따르는 중이다.

그런 하페르트를 지크는 무덤덤하게 쳐다봤다.

지저분한 정원을 치우는 일이 기특하게 다가오지도 않을
뿐더러, 곧 들이닥칠 거대한 손님 때문에 하페르트에게 신경
쓸 때가 아니었기 때문이다.

그렇게 10분은 금방 지나갔다.

다행스럽게도 정원 정리가 막 끝난 시점에, 노힐 가문의
대문이 열리고 데이먼이 모습을 드러냈다.

"슈페리얼, 다들 대접할 준비 시켜."

"네, 알겠습니다."

친위대장이라는 거물이 일개 구성 가문에 등장하니, 긴장
한 사람은 지크만이 아니었다.

슈페리얼은 물론 가문에서 일하는 평민들까지 전염병처럼
긴장이 전이되었다.

그들은 숨조차도 잠시 참으며 몸과 마음을 잔뜩 긴장시켰
다.

지크는 공손한 자세로 데이먼의 앞에 서서 고개를 숙였다.

"안녕하십니까, 친위대장님. 노힐 가문의 가주 노힐 지크
라고 합니다."

"어, 그래."

데이먼은 냉랭하게 답했다.

시선만 지크에게 향할 뿐, 표정은 무덤덤했다.

지크는 그저 물 원소사의 차가운 성격이겠거니 하며 크게

신경 쓰지 않았다.

"가문이 상당히 협소하군."

데이먼은 그제야 노힐 가문을 시선으로 한번 훑으며 물었다.

"하하…… 아무렴 일개 구성 가문인데, 위대한 라믹 가문에 비할 수 있겠습니까."

"그나저나. 이 가문에서 제일 넓은 장소가 여기 정원인가?"

이어진 질문에 지크는 의아할 수밖에 없었다.

"……예, 그렇긴 합니다만."

"가문에 있는 마법사 전부 정원으로 집합시키도록."

정말이지 이젠 이해할 수 없는 지시였다.

가문의 마법사 전부를 모아 놓고 연설이라도 하려는 것인가?

그저 그렇게 지레짐작하며 지크는 지시를 따랐다.

라믹 가문의 마법사인 데다가 친위대장의 지시이니 일개 불 원소 구성 가문의 가주 지크에겐 거부할 수 있는 권리도, 힘도 없었으니까.

지크가 마법사들을 불러 모으려 할 때였다.

"참, 지크 가주."

"예, 대장님."

"가문 내에 있는 평민은 전부 가문 밖으로 내보내도록. 각자의 집으로 돌려보내란 뜻이야. 가문과 멀리 떨어트려. 근처에 얼씬도 하지 못하도록."

"……알겠습니다."

여전히 불안한 궁금증이 피어올랐지만, 궁금하다고 물어볼 수 있는 상대가 아니다.

질문이라는 것도 상호 간에 수준이 어느 정도 맞아야 할 수 있는 행위인데, 친위대장 데이먼은 지크에게 비교하면 한없이 높은 하늘과 같았다.

그렇게 지크는 데이먼의 지시를 이행했다.

평민인 집사, 하녀들은 전부 가문 밖으로 내보내고 지크 가문의 마법사만이 정원에 정렬했다.

물론, 그 자리에 하페르트는 없었다.

공식적으로 그는 에드 분교에서 퇴학당했으며 가문 내에서도 마법사란 직위를 잃었으니까.

데이먼은 집결한 노힐 가문의 마법사 앞에 섰다.

그리고 눈으로 그 수를 가늠했다.

노힐 가문의 마법사 총원은 고작 네 명.

가문이라고 부르기도 민망한 숫자다.

데이먼이 처음 이곳에 와서는 가문이 협소하다고 했지만, 이들의 구성원을 고려하자면 오히려 과분하게 넓은 가문이었던 것이다.

"구성 가문이라 그런지 확실히 숫자가 적군."

"하하……."

지크는 그저 멋쩍은 웃음만 흘렸다.

"자, 그럼 시작할까?"

"……무엇을 말입니까?"

지크의 물음에 데이먼은 입꼬리를 올렸다.

"친위대장 라믹 데이먼. 보름달의 집행을 대행한다."

그는 이그니토(임펠)를 처단하려 했을 때와 똑같은 대사를 뱉었다.

그와 동시에.

촤르르륵!

하지만 이그니토 때와는 다른 마법을 구현했다.

바로 물의 장벽.

물의 장벽을 노힐 가문의 마법사 전부를 가두듯이 동그랗게 둘러쳤다.

보주화를 사용할 필요가 없을 정도로 나약한 상대라고 판단한 것이다.

"……저기, 대장님? 그게 무슨 말씀이십니까?"

데이먼의 돌발 행동에 노힐 가문 마법사 전부가 당혹한 표정을 지었고, 가주인 지크가 나서서 물었다.

"이것을 우리 친위대는 처형식이라고 부르지."

"……처형식이라니, 저희를 처형하시겠다는 말씀이십니까?"

"그러니 내가 친히 여기까지 왔지. 그게 아니었으면 너희 가문을 찾을 이유가 내게 있나?"

"……대장님."

지크도 데이먼의 표정을 완벽히 읽었다.

처음 가문에 들어섰을 때 표정이나 말투가 차갑다고 여겼다. 그게 단순 물 원소사의 성향이라고 생각했지만…….

착각이었다.

그는 애초에 자신들을 처형하기 위해 온 것이기에 살갑게 맞이할 이유 자체가 없던 것이었다.

화르르륵!

이에 지크가 먼저 불 원소 마법을 구현했다.

"보름달을 위해 일생을 바쳤는데 그 대가가 고작 처형이란 말입니까?"

지크는 말할 수 없을 정도로 허탈하며 억울했다.

하지만 그의 심정은 데이먼에게 닿을 수 없었다.

"픕, 네가 좋아서 해 놓고는. 보름달께서 시키신 것도 아니잖나?"

오히려 조롱만이 돌아왔다.

데이먼은 진심이라는 것을 다시 한번 확인해 주는 답이었다.

이에 지크는 자신의 자식들에게 명령했다.

처형이 확정된 마당에 얌전히 당하고 싶은 마음도 없다.

최소한의 발악.

그거라도 해야 했다.

"다들, 적에게 맞선다."

화르륵!

물의 장벽 속에서 네 개의 강렬한 화염이 치솟았다.

새로 만난 세상

"······불은 정말이지 역겹단 말이야."

발악하기 위해 각자의 마법을 시전한 네 명의 노힐 가문 마법사들.

그들의 마법을 보고 뱉은 데이먼의 말이었다.

예로부터 에드 가문과 사이가 좋지 않은 라믹 가문의 출신이기도 하거니와.

바로 얼마 전.

자신을 오랜 기간 잠재운 마법도 불이었다.

그렇기에 데이먼은 그 누구보다도 불에 대한 증오심이 가득했다.

비록 에드 임펠과의 전투는 무승부로 끝났지만, 적어도 데이먼은 패배했다고 여겼었다.

물이 불에게 잠식당한 전투였으니까.

노힐 가문의 마법사들이 발악이라도 해 보겠다고 시전한 불 원소 마법은 도리어 데이먼의 화를 돋우기만 했다.

당연히, 이런 사실을 알 턱이 없는 지크는 자식들을 다독였다.

"상대는 현직 친위대장이야. 다들…… 집중해서 정신만 차리자. 어떻게든 될 거다."

자신조차도 자신이 없지만 허무하게 당할 수도 없으니, 그가 할 수 있는 최선의 말이었다.

그렇게 노힐 가문의 마법사들은 데이먼을 향해 마법을 퍼부었다.

그러나.

그들의 불줄기는 데이먼에게 닿기도 전에 흔적도 없이 사라져 버렸다.

데이먼이 따로 물 원소 방어 마법을 구현하지도 않았는데도 사라진 불줄기.

노힐 가문의 마법사들은 이런 현상을 아예 처음 겪었다.

따라서 몸이 경직되었다.

데이먼은 한심하다는 듯이 고개를 절레절레 저으며 말했다.

"그게 너희들의 위치야. 그간 주제에 넘치는 위치에 있으면서 실태를 파악하는 눈이 눈도 기르지 못했나 보군."

그리고 천천히, 그들이 서 있는 자리에 작은 물기둥을 구현했다.

"마법엔 해당 마법을 구성하고, 유지하도록 하는 힘이란 게 있다. 너희가 가진 힘이 한없이 형편없어, 나에게 닿지도 않은 것뿐이야."

그리고 지크를 포함한 네 마법사를 물기둥에 가뒀다.

순식간에 물기둥에 갇히면서, 네 마법사는 숨을 쉴 수 없는 상태가 되어 괴로움에 자신의 목을 조르듯, 발버둥 쳤다.

그런 와중에도 노힐은 억울한 눈빛으로 데이먼을 쳐다봤다.

"너무 억울해하지 마. 그저 단미(斷尾)일 뿐이니까."

가축의 모양새를 보기 좋게 하거나 질병을 예방하기 위해 꼬리를 자르는 것을 뜻하는 말.

그것은 곧 노힐 가문은 대마법사에게 있어 사람이 아닌, 가축에 지나지 않는다는 뜻이다.

"가축은 주인의 뜻에 따라 사느냐 죽느냐가 결정되지. 너희의 의사는 아무런 상관도 없어. 고려할 필요도 없지."

그리고 데이먼이 그 말을 마쳤을 때, 이미 노힐 가문의 네 마법사는 그의 물기둥 속에서 두둥실 떠다녔다.

숨이 완전히 끊어져 몸이 수면에 뜨는 것과 같은 현상이었다.

데이먼이 물기둥을 거두자, 그들의 몸은 흠뻑 젖은 채로 정원에 떨어졌다.

가주인 노힐 지크만은 눈을 감지 못한 상태였다.

데이먼은 그런 지크에게 일말의 동정도 느끼지 못했다.

"시시하군."

일을 마친 데이먼은 그대로 노힐 가문을 나왔다.

그러자 새로운 지시가 그의 모브로 전달되었다.

─미하엘 가문도 정리하도록.

타일런트의 명령.

미하엘 가문도 타일런트와 연결점이 있기에 확실히 꼬리를 자르려는 모양이었다.

"흐음, 조금 귀찮은 밤이군."

데이먼은 그렇게 다음 목적지인 미하엘 가문으로 향했다.

"저거 다시 작동시켜 봐."

이미 불이 꺼진 둠 리포졸을 가리키며 케린이 내린 지시다.

왜 둠 리포졸에 지대한 관심을 가진 것인지, 난 예상할 수 없었다.

그리고 여전히 그녀의 목적도 모르기에 섣불리 지시대로 하고 싶은 마음도 생기지 않았다.

"제가 왜요?"

대신 나도 조금은 공격적으로 되물었다.

그러자 케린은 기가 찬 듯이 헛웃음을 지으며 표정이 더욱 냉랭해졌다.

"시키면 시키는 대로 하지? 네가 학생이라는 것을 잊었나?"

"잘 알고 있는데요."

하지만 내가 아무렇지도 않게 받아치자 그녀는 나를 기선제압이라도 하려는 듯이 매서운 눈빛으로 노려봤다.

뜬금없이도 서로의 기세를 뽐내는 눈싸움이 되어 버린 것이다.

나도 별로 무섭진 않다.

그런 케린을 아무런 감정 없이 노려봤고, 먼저 입을 연 쪽은 케린이었다.

"다른 학생과는 분위기가 다르구나, 너?"

"……."

타일런트의 자식이라는 생각이 머릿속에 지배적으로 있기 때문일까?

분위기가 다르다는 말에 괜히 긴장하게 됐다.

아직까진 내 정체를 철저하게 숨겨야만 한다는 생각 때문에 더욱 움츠러드는 것 같았다.

"보통 학생들은 날 똑바로 쳐다보지도 못하는데 신기하네. 아무튼, 이거나 다시 작동시켜 보라니까? 교수의 명령이다."

여기에서 난 케린의 목적을 슬쩍 알 수 있었다.

케린은 이상하리만치 둠 리포졸에 집착하는 중이다.

아니, 단순히 집착이 아니라 내가 다시 둠 리포졸을 작동시킬 수 있는 건지, 그것을 확인하고 싶어 하는 눈치다.

왜일까?

그 이유를 혼자서 계속 추측해 봤다.

둠 리포졸을 작동시키는 것에 특별한 이유라도 있는 걸까?

그저 피조물 마법에 지나지 않는데?

적어도 내가 알기론 그렇기 때문이다.

단순히 낡은 마법일 뿐이다.

그런데도 왜 케린은 내가 둠 리포졸을 다시 작동시키는 것을 확인하고 싶은 걸까?

시대가 변한 만큼, 둠 리포졸이란 마법에도 내가 모르는 어떠한 의미가 생겨난 것은 확실했다.

"교수의 지시를 따르지 않는 것도 퇴학인데. 이래도 안 할 건가?"

케린이 다시 내게 강압적으로 말했다.

이로써 확실하다.

단순히 낡은 마법인 둠 리포졸에 300년이란 시간이 지나면서 어떠한 의미가 생겨난 것이었다.

퇴학을 들먹이면서까지 협박한다는 게 정답이 아니겠는가?

하지만 난 당당하게 그녀와 실랑이를 계속하지 않았다.

이유는 간단하다.

에타르가 준비될 때에 맞춰서 나는 꼭대기로 향해야 한다.

그때가 우리가 준비한 반격의 날.

그렇기에 내가 하는 모든 행동의 결과는 나만이 아닌 에타르를 비롯한 알프릭, 트레샤, 나아가 조각사까지 짊어져야 한다.

케린이 절대 나를 퇴학시키지 않는다는 것쯤은 잘 안다.

아니, 시킬 수 없을 거다. 그리고 싶은 마음도 없는 게 분명하다.

현재 이 학교의 주인 타일런트는 최고의 재능을 가진 학생들을 골라 재료로 만들고 있으며, 나도 그가 원하는 최상의 재료다.

'그래, 내 능력의 한계를 확인하고 싶은 거구나?'

그렇지 않아도 에타르는 이미 전부터 조각사를 활용해 타일런트가 만드는 약물의 재료인 약초를 조공하는 노힐 가문을 지독히도 괴롭혀 왔다.

그 말인즉슨.

지속적인 조각사의 견제로 인해 해당 물약을 만드는 데에
문제가 생겼고 신중히 재료를 선택해야 한다는 뜻이다.

　어쩌면 아예 제조가 불가능한 상황에 놓였을지도 모른다.

　내가 그런 예상을 한 이유는 딱 하나.

　케린이 직접 내 둠 리포졸을 확인하러 왔기 때문이다.

　본교는 총 6층까지 있다.

　상식적으로 생각을 해 봐라.

　타일런트가 원하는 재능을 겸비한 학생은 확률적으로도 6
층에 가장 많이 포진되어 있을 터이다.

　그런데도 1층에 있는 나를 직접 확인하러 온 것이다.

　게다가 1층엔 특별한 학생이 나로 끝이냐?

　그것도 아니다.

　더블 캐스터가 무려 네 명이나 있다.

　즉, 현재 타일런트는 6층에 있는 학생들에겐 별 관심 없고
1층에서 이제 올라갈 예정인 학생들에게 관심을 쏟고 있다
는 뜻이다.

　"뭐, 그리 보고 싶으시다면요."

　대충 어떤 생각을 가지고 있는지 알았으니, 이젠 케린의
지시에 순응했다.

　그녀의 지시를 따라도 그다지 위험할 게 없다고 판단한 것
이다.

　난 그렇게 불이 꺼진 둠 리포졸 앞으로 다가갔고, 손을 댄

상태로 마나를 새로 주입했다.

화르륵.

둠 리포졸은 다시금 검은 화염에 휩싸였다.

마나가 온전하게 주입된 상태다.

"호오."

케린의 반응이다.

감탄의 뜻이라는 것쯤은 아주 쉽게 알 수 있었다.

"이제 뒤로 빠져 있어 봐."

하지만 지시는 단순히 둠 리포졸을 재작동시키는 것으로 끝이 아니었다.

아직 뭔가가 더 남아 있는 것으로 보였다.

난 일단 그녀의 말을 들었다.

둠 리포졸과 멀리 떨어지자 케린은 나와 둠 리포졸 사이에 섰다.

끼리릭!

그리고 다시 검은 송곳으로 내 둠 리포졸을 괴롭히며 내게 말했다.

"이 상태로 나랑 간단한 대련을 해 보자고."

역시 뭔가를 확인하고 싶은 거다.

그게 뭔지 도통 모르겠다는 게 문제지만.

하지만 그래도 무슨 상관인가?

교수가 친히 저렇게 나서서 대련을 해 보자고 하니 나도 피할 생각은 없었다.

동시에 한 가지 묘안도 떠올랐다.

"이겼을 때 보상 같은 게 있다면요."

나도 순순히 모든 것을 따를 생각은 없다.

취할 게 있으면 취한다.

그 생각은 분명했다.

그러나 케린은 다시 실소를 노골적으로 내보냈다.

"본교에서 교수 상대로 흥정을 하는 학생은 네가 처음이지. 꿈 깨. 본교를 그렇게 만만하게 보지 말라고."

내가 무엇을 원하건, 절대 손에 넣을 수 없다고 선을 확실하게 긋는 것이다.

'뭐, 어쩔 수 없나.'

나도 마냥 아쉽지만은 않다.

어차피 에타르의 준비도 기다려야 하니까, 차라리 잘됐다고 볼 수도 있다.

이참에 케린의 수준을 한번 파악하는 것도 나쁘지 않으니까.

"그러시죠."

내 답과 동시에 케린은 날카로운 마법을 구현했다.

나의 둠 리포졸을 괴롭혔고, 꼭대기에서 타일런트가 날 공격했던 그 마법.

검은 송곳이다.

누가 드라코 가문의 마법사가 아니랄까 봐, 유독 저 마법을 고집하는 느낌이다.

'그러고 보니…… 포머도 저 마법을 주력으로 사용했지.'

이것은 시선을 바꿔서 해석해 보면 드라코 가문의 마법사는 저 마법 이외에는 다른 어둠 원소 마법을 주력으로 사용할 생각이 없다고 볼 수 있었다.

"어때, 이 마법 처음 보지 않니?"

케린이 의기양양하게 물었다.

이미 포머, 그 이전엔 타일런트에게 경험한 마법이지만 그녀는 내 정체를 모른다.

그렇기에 본교에 와서야 처음 본다고 착각하는 중이다.

"그렇다면요?"

나도 그 착각에 맞장구를 쳤다.

"이 마법의 이름이 궁금하지 않니? 마법사들은 이 마법을 '인도의 송곳'이라고 부르는데."

인도의…… 송곳이라.

꼭 바른길로 인도한다는 뜻을 품은 것 같았다.

"왜 그런 이름이 붙었는지 궁금하진 않고?"

"별로요."

"미쳐 버린 전 대마법사 아르키스 에이머. 그 스승을 잠재운 마법이자, 옳지 않은 길로 빠질 뻔한 마법 사회를 올바른 길로 인도했다는 사실에서 붙은 이름이지."

뭐, 이젠 놀랍지도 않다.

이미 에드 분교에서 상당 부분이 왜곡되어 있다는 것도 알아차렸고.

결정적으로, 에타르에게 전해 들은 말도 있었으니까.

사실 내 입장에선 헛웃음이 다 나오는 유치한 이름이었다.

그나저나 왜 저 말을 갑자기 내게 하는지 모르겠다.

"어때? 대단한 마법으로 보이지 않니?"

"별로요."

난 똑같은 말로 되받아쳤다.

대단은 무슨……

역겨울 뿐이다.

그러자 케린의 표정이 일그러졌다.

"상당히 건방진 학생이군."

"에드 분교에서도 그런 말은 많이 들어서요. 딱히 와닿지는 않네요."

에타르도 내 정체를 모르고, 나도 그의 상황을 몰랐을 때 에드 분교의 교사들이 나에게 자주 했던 말이다.

화르륵!

그리고 나도 케린의 마법과 똑같은 불의 송곳을 구현했다.

정확히 말하면 검은 송곳의 불 원소 버전인 셈이다.

케린의 눈동자가 흔들렸다.

"으음, 모양은 내 송곳과 똑같네?"

케린이 내 마법을 보고 한 말이다.

사실, 일부러 똑같이 구현한 것이다.

다만 서로의 차이점이 있다면, 케린의 송곳의 날은 나를 향해 있고 내 불의 송곳은 천장에 달린 샹들리에처럼 날이 아래로 향해 있다는 것이다.

케린이 나를 향해 송곳을 날리면, 반대로 난 내 불의 송곳을 떨어트려 요격하려는 생각이다.

절대 케린을 향해 직접 공격할 생각은 없다.

타일런트가 직접 있는 장소이기도 하거니와 케린은 에드 분교 1클래스에 있던 월피스와는 다르다.

엄연히 본교의 교수이니 그녀가 가진 마력도 월피스와는 비교도 할 수 없을 것이며, 그로 인해 나도 제법은 강한 마법을 사용하는 상황이 발생할 것 같은 느낌에서다.

본교의 교수이기 이전에 타일런트의 자식인 케린.

분명히 플레우드에 대해서는 각 분교에 퍼진 어떠한 교사보다도 잘 알고 있을 터.

내가 힘 조절을 조금만 잘못하면 분명 수상함을 눈치챌 것이다.

따라서 그녀의 마법을 방어하는 정도로만 상대하면서 수준을 가늠하기로 했다.

플레우드는 직접 맞아 보지 않는 이상 그 수상함을 눈치채기가 힘든 원소이니까.

케린은 슬쩍 뒤를 쳐다봤다.

그녀의 뒤에 바로 내 둠 리포졸이 있고, 과연 어떤 행동을 취할 것인지 지켜보려는 것이다.

둠 리포졸이 늘 그렇듯이, 적으로 인식한 케린을 뭉툭한 두 팔로 내리치려 할 때였다.

케린은 검은 송곳으로 둠 리포졸의 팔을 박살 내려는 의도가 내 눈에 훤히 보였다.

'그렇게는 안 되지.'

나는 때에 맞춰서 미리 구현해 놓은 불의 송곳으로 그녀의 검은 송곳을 전부 요격했다.

"흐음, 조금 이상하네?"

그런데 케린의 반응은 내가 생각한 것과 멀었다.

당황한 기색은 하나도 없었다.

분명 자신의 마법이 내게 손쉽게 부서진 상황인데도 저렇게 태연한 것은 애초에 부서질 것을 염두에 두고 있었다는 뜻이다.

'도대체 뭘 하고 싶은 거야?'

정말 케린의 속은 그녀가 가진 고유의 색과도 같다.

어두컴컴하여 아무것도 보이지가 않으니까.

케린은 그 뒤로도 내 둠 리포졸을 향해 끝없이 공격을 노렸다.

그럴 때마다 난 불의 송곳으로 그녀의 마법을 괴롭혔다.

"흐음……."

번번이 자신의 막히자 이젠 조금 짜증이 난 듯했다.

고개를 좌우로 천천히 움직이며 표정이 달라졌다.

"적당히 하려고 했는데 그건 조금 힘들겠네."

그 말을 뱉은 직후.

케린은 교실을 가득 채울 정도로 많은 검은 송곳을 사방에 구현했다.

그 광경은 흡사, 거대한 고슴도치들이 매미처럼 교실 바닥, 벽, 천장 할 것 없이 전부 달라붙은 것 같았다.

심지어 방금 구현한 것보다 크기도 크고 굵었다.

"놀라긴. 본교 교수쯤 되면 다들 이 정도는 쉽게 할 수 있단다."

케린이 내게 한 말이다.

난 아무런 표정의 변화 없이 그저 갑자기 늘어난 송곳들을 보기만 한 것인데 아무래도 내가 놀랐다고 판단한 모양이다.

"아…… 네."

정말 냉정히 따지면…….

전혀 놀랍지 않다.

딱 내가 생각한 수준이다.

'이상하군. 트레샤나 알프릭은 300년이 지나면서 발전을 이루었는데, 타일런트의 자식인 케린은 교수인데도 딱 그 수준이야. 더 특별한 게 없어.'

명색이 대마법사 가문의 마법사다.

동일 서클끼리 모여도 특출함이 눈에 띄어야 한다는 뜻이다.

그런데 케린에겐 그게 없었다.

'혹시, 본교 1층의 교수라서 본교 교수진 중에 최약체인 걸까?'

그저 그렇게 추측할 뿐이었다.

"자, 그럼 다시 시작해 볼까?"

자신의 마법으로 교실을 가득 메운 케린의 목소리가 달라졌다.

어울리지도 않게 쾌활한 목소리다.

"그러시죠."

화르르륵!

답하면서 나도 다수의 불의 송곳을 구현했다.

하지만 이번에도 케린과 다르다.

케린이 송곳을 더욱 강력하게 만들기 위해 구현한 것은 더 크고 굵은 것이었지만 내가 구현한 송곳은 오히려 빗줄기처럼 얇은 것이었다.

그리고 그런 얇은 송곳들은 천장 전체에 빼곡히 매달려 있어 정말 샹들리에와 같이 보였다.

"역시, 학생은 학생인가. 이렇게 다수의 마법을 구현하는 것은 훌륭하다만……."

케린이 내 마법을 평가하기 시작했다.

그녀는 천장에 달린 수를 헤아릴 수 없는 불의 송곳을 보고 내 얼굴을 한 번, 그리고 마지막으로 자신의 등 뒤에 있는 둠 리포졸을 쳐다본 뒤에 말을 이었다.

"역시, 마나 소모가 너무 심해서 그러니? 송곳의 굵기가 상당히 얇구나. 하긴, 무리도 아니지. 학생 수준이니까."

그 말을 들은 순간 터져 나오는 폭소를 겨우 참았다.

'타일런트의 자식인데도 타일런트처럼 명석하진 않군.'

인정하기 싫어도, 타일런트는 명석한 마법사가 맞다.

그렇지 않고서야 내가 그에게 당했을 리가 없으니까.

그런 타일런트의 딸이니 당연히 어느 정도 명석함을 물려받았을 거라고 판단했지만, 과대평가다.

케린은 한 번에 많은 양의 마법을 동시에 구현하니, 그 탓으로 마나 소모량을 제대로 소화할 수 없어 굵기가 얇아진 것이라고 착각하는 것이다.

'일부러 그런 거다.'

그리고 케린은 거대한 송곳들을 동시에 움직였다.

'지금이다.'

동시에 나 또한, 얇게 띄워 놓은 송곳들을 지상으로 낙하시켰다.

투두두둑!

가랑비에 옷 젖는 줄 모른다는 속담이 있다.

눈에 제대로 보이지 않을 정도로 가는 빗줄기라 하더라도, 계속 맞고 있으면 옷이 젖을 정도로 일이 커진다는 뜻이다.

즉, 아무리 하찮게 보이는 것이라도 얕보지 말라는 것.

다행이라고 해야 할지, 케린은 자신의 눈으로 얕보이면 무시하는 성향을 가진 마법사다.

빗줄기처럼 쏟아 내리는 얇은 불의 송곳들.

당연히 케린의 거대한 송곳 표면에 부딪히면서 작은 구멍을 내기 시작했다.

그것도 잠시.

거센 소나기가 내리자 작은 구멍은 전염병처럼 빠르게 송곳 전체로 퍼졌다.

이윽고 구멍투성이였던 케린의 송곳은 완전히 소멸했다.

내가 일부러 불의 송곳을 얇게 만든 이유.

바로 이거 때문이다.

케린보다 더욱 거대한 송곳은 얼마든지 만들 수 있지만, 효율적인 면에서 떨어진다고 판단한 것이다.

더욱 거대한 송곳으로 케린의 송곳을 부술 경우, 파편이 남는다.

그런 파편을 아예 만들지 않기 위해 얇은 송곳을 초 단위로 수십, 수백 차례 때려 가루로 만드는 원리다.

그렇다고 플레우드를 이용해 소멸시킬 수는 없었으니, 불 원소만을 사용해서 완전히 소멸시킬 방법을 생각한 것이다.

"너는 불과 어둠의 더블 캐스터이면서 왜 불 원소만 사용하지?"

케린이 뜬금없이 물었다.

"불이 제일 정감이 가서요."

말해서 뭐 하나.

내가 플레우드를 포함한 일곱 가지 원소 중에 가장 싫어하는 것이 어둠이다.

당연히 날 죽인 녀석이 가진 원소이기도 하거니와 내 스승님까지 죽인 원소이니 어떻게 호의를 가질 수 있을까.

그리고 일부러 불에 정감이 간다고 답했다.

어차피 난 에드 분교 출신.

에타르와 적대 관계에 있는 타일런트의 가문을 향한 약한 선전포고이기도 하다.

"오호…… 그래?"

그 선전포고는 어느 정도 전달된 듯하다.

케린의 표정이 의미심장하게 변했다.

"그럼 계속해 볼까? 네가 정감 간다는 그 불장난."

"그러시든지요."

케린은 다시 위협적인 송곳을 둠 리포졸을 향해 쏟아 내기 시작했다.

가문에서 나온 하페르트는 한참이나 가문 밖에서 서성였
다.

'언제 들어가야 하는 거지…….'

사실상 쫓겨났다고 보는 게 맞다.

친위대장 데이먼이 방문한다는 소식을 듣고 가문은 부리
나케 그를 맞이할 준비를 했는데, 준비가 전부 끝났을 때 느
닷없이 전부 나가라는 명령을 받았으니까.

마법사란 직위를 잃은 하페르트는 가문과 멀리 떨어진 곳
을 계속 배회했다.

그렇게 얼마나 시간이 지났을까.

체감상 못해도 몇 시간은 지난 것으로 느껴졌다.

가문과 연락할 수단도 없고, 마법사 직위를 잃으며 모브도
없어졌으니 하페르트는 전부 눈치껏 행동할 수밖에 없었다.

가문이 보유한 모브도 있긴 하지만, 결정적으로 그가 마법
사 직위를 잃으면서 모브도 사용할 수 없는 상황이었다.

하페르트는 이제 깊어지는 밤이 가져다주는 외로움과 무
거운 고요함을 이기지 못하고, 가문 쪽으로 걸음을 옮겼다.

가문 밖에서 눈치를 보고 상황이 끝난 것 같으면 안으로
들어갈 심산이었다.

'이 정도면 됐을 거야.'

그렇게 스스로 안정시키기 위한 주문을 외우며 불안한 발걸음을 계속했다.

드디어 도착한 가문.

하페르트가 정문에서 안의 상황을 슬쩍 살펴보려 할 때였다.

"……!"

정원에는 상당히 낯이 익은 마법사 한 명이 서 있었다.

바로 가문을 지속적으로 괴롭힌 그 뚱뚱한 마법사.

그리고 그의 주위엔 가주인 지크를 포함해 장남인 슈페리얼까지.

노힐 가문의 마법사 전원이 정원에 엎어진 상태였다.

'가주……님?'

사람이 숨을 쉬고 있는 것은 보통 눈에 잘 보이지 않는다.

왜냐, 아주 당연한 현상이고 굳이 사람의 심리상 인식할 행동이 아니기 때문이다.

그러나 반대로 숨을 쉬고 있지 않은 경우엔…….

그 모습이 눈에 훤히 보인다.

정말 신기하게도 겪어 본 적이 없음에도 죽은 사람을 보면, '저 사람이 숨을 쉬고 있지 않구나.' 하고 바로 느껴진다는 뜻이다.

지금 정원에 엎어진 가문의 마법사들이 그랬다.

"결국, 이렇게 된 건가……. 지독하군."

그리고 뚱뚱한 마법사가 한 말이다.

그런데 하페르트는 혼란스러웠다.

분명히 지속적으로 나타나 가문을 공격한 마법사인데, 지금 뚱뚱한 마법사는 누가 듣더라도 안타까운 목소리를 내는 것이었다.

의문의 뚱뚱한 마법사는 노힐 가문을 한번 훑어보곤 뭔가를 체념이라도 한 듯, 가문을 나섰다.

그러다 정문에 있는 하페르트와 딱 마주쳤다.

"……너는?"

그런데 뚱뚱한 마법사의 목소리가 다시 변했다.

어딘가 모르게 반가움을 표하는 목소리가 분명했다.

"하페르트, 넌 어떻게 살아남은 거지?"

"……?"

이젠 걱정까지 묻어 나온 목소리다.

하페르트는 여전히 혼란함만으로 가득했다.

분명히 이 마법사는 지속적으로 그의 가문을 공격한 마법사다.

공격하러 올 때 그를 슬쩍 본 적은 있겠지만, 그렇다 해도 어떻게 이름까지 알 수 있을까?

상대를 알아야 공격의 성공률도 올라간다.

이 마법사가 노힐 가문에 대해서 잘 알고 있는 것은 맞을 것이다.

그러나 마법사 직위를 잃은 자신의 이름까지 알 필요가 있었을까?

자신이 판단하기에도 전혀 위협적인 적이 아닌데?

무시해도 되는 사람의 이름을 기억하는 적이 어디 있을까 싶었다.

"분명히…… 친위대장 데이먼이 왔다 간 것으로 기억한다. 그런데 어떻게 넌 멀쩡한 거야, 하페르트?"

급기야 그는 무릎을 조금 굽혀 하페르트와 눈높이를 맞추고, 하페르트의 양쪽 어깨를 다정하게 붙잡았다.

'도대체 왜……? 이 마법사가 가주님과 형님을 죽인 게 아닌가?'

진성 사이코가 아닌 이상, 이런 태도를 보일 수 없을 것이다.

그것이 하페르트의 생각이며, 확신이었다.

"하페르트, 말해 봐. 어떻게 된 거야? 넌 어떻게 살아남은 거냐고."

뚱뚱한 마법사는 계속 그것을 강조하며 물었다.

"……너 도대체 누구야?"

그제야 하페르트의 입이 떨어졌다.

케린과 마법의 합을 체감상으로 1시간 반쯤 이어 갔을 때였다.

"뭐, 이 정도면 충분한 것 같네."

그녀는 느닷없이 펼쳐 놓았던 많은 송곳을 거두며 말했다.

그러고는 미련이 아예 없다는 것을 노골적으로 내게 말하고 싶은 건지, 등을 휙 돌리곤 그대로 교실에서 나갔다.

'뭐 하자는 거지?'

도대체 무슨 목적을 가지고 나와 대련을 진행한 것인가?

대련 당시의 상황에도 난 의아함의 연속이었다.

첫째, 케린은 절대 내 몸을 향해 공격하지 않았다.

분명히 나와의 대련인데도 상대를 나로 인식하는 게 아닌, 그녀의 뒤에 있던 둠 리포졸에게만 집요한 공격을 퍼부어 댔다.

둘째, 대련을 진행하는 내내 뭐가 그리도 마음에 들었는지 흡족한 미소로 고개를 천천히 끄덕였다는 것이었다.

꼭 내가 느끼기엔 성과를 보여 주는 제자를 바라보는 것과 똑같았다.

'날 두고 무슨 실험을 한 걸까…….'

그 불쾌한 기분을 지울 수 없었고, 오히려 점점 확신만 생겨났다.

아무리 생각해도 케린의 태도와 표정을 살피면, 나를 실험한 게 정확했기 때문이다.

'도대체 실험할 수 있는 방법이 뭐가 있는 거야?'

분명 어떠한 과정을 거쳤을 것인데, 내가 알 턱이 없었다.

난 그저 교실에 덩그러니 남은 둠 리포졸만 쳐다봤다.

얼마나 답답한지 생명이 없는 둠 리포졸을 붙잡고 물어보고 싶은 심정이었다.

그러다 나는 시간을 확인하고 한숨을 내쉬었다. 케린을 상대하는 사이 약속한 시간을 넘기고 만 것이다.

"이런, 너무 늦었네."

밴시와 잠깐 교대를 한 것이니, 난 급히 밴시가 있는 교실로 향했다.

"내가 누군지보다 왜 너희 가문이 이런 일을 당했는지, 그게 궁금하지 않아?"

하페르트는 그간 가문을 습격한 마법사에게 누구냐고 물었지만, 들려오는 답은 다른 것이었다.

이에 다시 말문이 막혔다.

"……."

"참 난감하군. 예전엔 별로 좋아하지 않았던 학생이었는데, 겪은 상황을 보면……."

그는 주저리주저리 얘기를 늘어놓다가, 노힐 가문의 정원을 한번 힐끗 보았다.

가주 지크를 비롯한 노힐 가문의 마법사들이 차가워져 가는 모습을 다시금 확인한 행동이다.

그는 나머지 하고 싶었던 얘기를 꺼냈다.

"우리와 말이 잘 통할 것 같은데 말이야. 그런데 믿음은 가지 않고……. 이런 걸 애증이라고 해야 하는 건가?"

하페르트는 여전히 입을 꾹 다문 채다.

그도 그럴 것이 뚱뚱한 마법사의 입에서 나온 말들을 당최 이해할 수 없었기에 자연스러운 반응이다.

그중에서도 가장 귀에 거슬리는 것은, 뚱뚱한 마법사가 꼭 오래전부터 자신을 잘 알고 있다는 듯이 말하는 것이었다.

"예전에 별로 좋아하지 않았던 학생이란 말은 뭐야? 학생이라고 말하면…… 내가 에드 분교에 있을 때부터 알았다는 뜻 같은데."

"뭐, 알고 싶으면 따라오든가. 하페르트, 너도 어차피 갈 곳은 없잖아? 너의 의지와 결정에 따라 새로운 세상에 발을 들이냐, 마느냐가 결정되거든."

"……뭐?"

그러곤 뚱뚱한 마법사는 등을 휙 돌렸다.

"선택은 네 몫. 난 적어도 제안은 했다. 길은 알려 줬다는 뜻이지. 걷는 건 네가 결정할 문제고."

그 말을 마지막으로 뚱뚱한 마법사는 뒤도 돌아보지 않고 걸었다.

대신, 언제든 하페르트가 따라올 수 있도록 상당히 느린 걸음이었다.

　'나 참. 나도 길에 빗대어 말하는 날이 올 줄이야.'
　하페르트를 등진 채 걸음을 옮기며 마법사는 자신도 시간이 흐르면서 많이 변했다는 것을 깨달았다.
　예전에, 에드 분교의 교감 포머와 스승인 바이스가 아르키스 에이머와 그의 스승인 알라이즈 페트라가 꼭 길에 빗대어 자주 말했다고 하지 않았던가?
　의식하지 않았는데도 저도 모르게 그런 말이 나온 것이다.
　다만 아르키스 에이머, 알라이즈 페트라와 자신이 다른 점이 있다면, 그들은 길을 개척해서 걷게 하는 인물들이라면 그 자신은 이미 있는 길의 위치를 알려 주는 전도사라는 정도였다.
　뚱뚱한 마법사는 입꼬리를 가볍게 올렸다.
　'전도사라……. 그것도 나쁘지 않네. 마법사랑 똑같은 '사'자니까.'
　그리고 슬쩍 뒤를 확인하니, 하페르트가 힘없는 발걸음으로 느릿하게 자신과 먼 거리를 유지하며 따라오고 있는 것이 보였다.
　하페르트의 표정에는 불신과 불안이 가득했지만, 생존 본능에 이끌리듯 자신을 따라오는 중인 것이 분명했다.

데이먼은 타일런트의 마지막 지시인 미하엘 가문까지 완벽하게 처리하고 나오는 길이었다.

"이제 끝인가."

오늘은 참 귀찮고도 피곤한 하루라는 불만을 속으로 삼키려는 그때였다.

"……?"

그의 발밑에 의문의 물약병 하나가 데굴데굴 굴러와, 발끝을 툭 치고 안착했다.

그 직후 날아든 목소리.

아니, 데이먼에게만큼은 절대로 잊을 수 없는, 잊기 싫은 목소리였다.

"친위대장이나 되시는 분이 직접 밑의 세계에서 일개 구성 가문에 행차를 다 하고. 왜 급에 맞지 않는 행동을 할까?"

"……이그니토."

바로 자신을 오랜 기간 잠재웠던 증오의 마법사가 눈앞에 나타났다.

"워, 워. 그 역겨운 이름으로 부르지 말라고. 내 정체도 아는 놈이. 그리고 이그니토는……."

임펠은 말을 하다 멈추고 비장한 표정으로 데이먼을 노려봤다.

"너한테 죽었잖아. 안 그래?"

"네가 갑자기 이렇게 나타난 이유가 뭘까?"

하지만 데이먼은 표정에 아무런 변화 없이 물었다.

"역시 물 원소사인가. 냉철하네."

데이먼의 언사와 달리 임펠은 농담조처럼 능글맞은 언사를 구사했다.

불 원소사와 물 원소사의 성향이 완벽하게 대립하는 중이다.

데이먼은 자신의 발밑에 있던 물약을 가볍게 차면서 임펠에게 보내며 물었다.

"이 물약은 뭐지?"

"뭐긴, 외형을 바꾸는 물약이지."

"건넨 이유는?"

"여기에 온 게 미하엘 가문도 없애기 위함이 아니야? 흐음, 상황을 보니 이미 끝났구나?"

임펠이 미하엘 가문 내부를 슬쩍 보며 말했다.

정원엔 미하엘 루인을 비롯해 미하엘 가문의 마법사 전부가 이미 차갑게 굳어 가는 중이었다.

조금 특이한 게 있다면 그들의 피부 표면은 전부 찢겨 출혈의 흔적이 있다는 것이다.

'빙결 마법을 사용한 건가. 간단한 마법으로 제압할 상대들이 아니었다는 뜻이군.'

물 원소사인데 피부에 찰과상이 있다는 게 바로 빙결 마법을 사용했다는 추측이 될 수 있다.

물론, 100% 정확한 것은 아니지만 '아주 높은' 확률로 그렇다는 뜻이다.

빙결 마법은 물 원소사의 궁극기와 같은 개념이다.

불 원소사의 용암. 그게 바로 물 원소사에겐 빙결이다.

그만큼 아무리 빛 원소의 구성 가문인 미하엘이라고 할지라도, 그들을 상대할 때 단순 물 원소 마법만으로는 제압하기 무리였다는 뜻이다.

'자, 과연 이걸 이게 뭘 뜻하는 것일까? 미하엘 가문의 저항이 생각 외로 강했던 걸까, 아니면 데이먼의 상태가 온전치 않다는 걸까?'

적어도 임펠은 후자 쪽이었으면 좋겠다는 생각이 들었다.

"느닷없이 나한테 외형을 바꾸는 물약을 준다라⋯⋯."

데이먼이 차가운 목소리로 시작했다.

"왜?"

그의 질문에 임펠은 적의(敵意)로 불타는 눈동자를 한 채로 입꼬리만 과하게 올렸다.

"너희 친위대가 우리 가문에 한 짓이 있잖아? 그대로 하라고. 그 물약, 지금의 내 모습으로 변하는 물약이거든."

"⋯⋯."

"약 250년 전. 너희의 그 잘나신 타일런트가 우리 아버지

를 마법 사회에서 제명시키려고 별 웃기지도 않은 쇼를 벌였
잖아? 아이고, 이게 무슨 우연의 일치야? 그때 친위대가 멸
망시킨 가문도 지금 여기 가문과 색이 똑같네?"

에밋 가문 얘기를 하는 것이다.

그 당시는 데이먼은 물론, 임펠도 태어나기 전의 일이지만
어떻게 모를 수가 있을까?

가해자와 피해자의 가주가 멀쩡히 살아 있는 시대인데.

"그런데 조금 늦어 버렸네. 이렇게 빨리 끝낼 줄은 몰랐거
든."

"무슨 의도지, 이그니토?"

"그 역겨운 이름 그만 부르라고. 난 에드 임펠이야."

"그래, 뭐 좋을 대로. 에드 가문의 쥐새끼."

어차피 임펠도 데이먼에게 본명으로 불리는 것은 기대도
안 했다.

대신 능청스럽게 고개만 끄덕였다.

"네가 하는 짓, 단미(斷尾)잖아? 꼬리가 길면 밟히기 마련
이니까. 안 밟히려고 짧게 만드는 중 아니야? 내가 그걸 모
를까."

"……"

임펠도 과거엔 드라코 이그니토란 이름으로 단미의 일선
에 서서 집행하던 친위대 부대장이다.

적어도 친위대만큼은 임펠도 잊고 싶어도 잊히지 않을 정

도로 잘 아는 사람 중 하나이기도 했다.

"이왕 단미를 할 거라면, 내 모습을 하고 나한테 뒤집어씌우라는 거지. 어차피 우린 공식적으로 친위대는 물론, 너의 가주인 리비아, 그리고 마법 사회의 주인 타일런트한테도 선전포고한 상태잖아?"

"……입조심해라. 가주님의 존함은 너 따위가 함부로 부를 수 있는 게 아니다."

임펠의 도발에 결국, 데이먼의 냉철함은 깨졌다.

표정을 잔뜩 구기고 살벌한 목소리로 협박을 가했다.

"어이구, 무서워라."

그렇다고 그런 협박이 먹힐 임펠이 아니었다.

"보아하니 미하엘 가문을 구하러 온 것도 아닌 것 같은데. 나한테 볼일이 있다는 거겠지."

쩌저적!

데이먼은 바로 본론으로 들어갔다.

그와 동시에 빙결 보주화를 구현하기 시작했다.

"넌 보주화가 아니면 날 절대 상대 못 하나?"

적당한 마법사가 마주한다면 그대로 얼어붙을 무시무시한 빙결 보주화지만, 오히려 임펠은 태연했다.

이미 전에 한번 겪은 적이 있어서가 아니다.

그의 말대로 데이먼이 자신을 상대할 때 무조건 보주화를 구현한다는 것에 꽤 깊은 뜻이 있다는 걸 깨달았기 때문이다.

전에 마주했을 땐 숨통을 확실히 끊기 위함이라고 생각했지만, 지금은 그 생각이 달라졌다.

'보주화가 아니면 나를 제압할 방법이 없다.'

이 의미를 내포한 행동이기도 하다.

임펠은 이제 허리춤에서 빨간색 물약 하나를 꺼내고 단숨에 들이켰다.

불 원소 초월수였다.

'기본을 잊지 않는다. 기본만을 생각한다. 겉치레는 생각에서 지운다. 모든 것은 기본에서 시작된다.'

그리고 물약을 마시는 그 짧은 순간에도 마법의 주문처럼 속으로 마음을 다잡았다.

물약을 들이켠 직후, 임펠의 눈동자와 머리카락은 완전한 새빨간 색으로 변했다.

"내 빙결 보주화가 있는데 또 불 원소인가? 아니면 저번처럼 검은 불?"

반면에 데이먼은 하찮다는 듯한 목소리를 냈다.

임펠은 고개를 여유롭게 저으며 답했다.

"그런 겉치레는 필요 없어."

"......?"

예상외의 답변이 돌아오자 데이먼은 잠시 당황했고, 그 순간에 임펠은 데이먼 주위에 모닥불과 같은 불꽃을 수도 없이 구현했다.

이름조차 없는 불 원소의 기본 중의 기본 마법이다.

서클로 치면 고작 1서클.

친위대장인 데이먼을 상대하기엔 쓰레기라 불러도 좋을 정도로 하찮은 마법이다.

심지어 어둠 원소를 섞은 것도 아니다.

그야말로 온전한 불 원소. 바꿔 말하면 오직 불 원소만 있는, 상성상으로 한참이나 불리한 마법이다.

기가 찬 데이먼은 헛웃음을 지었다.

"정신은 깨어났지만, 이성은 나와 전투를 벌인 뒤에 아예 사라진 건가? 지금 빙결 보주화 앞에서 고작 1서클 마법으로 상대하겠다는 거냐? 말도 안 나오는군."

하지만 임펠은 오히려 흡족한 표정을 지으며 답했다.

"다행이네, 넌 내가 가지고 있는 게 없어 보여서. 아무래도 쉽게 이기겠어."

"……뭐?"

데이먼은 우두커니 서서 임펠이 펼쳐 놓은 마법만 살폈다.

다른 이가 본다면 친위대장이나 되는 데이먼이 임펠의 간단한 마법을 보고 경직이라도 된 것처럼 보일 정도다.

그도 그럴 것이, 임펠이 방금 남긴 말을 속으로 계속 곱씹고 있었다.

'내겐 없는데 저놈에겐 있는 것……?'

그것이 도대체 무엇일까?

가문이건 권력이건, 마법사로서의 지위건 뭐건.

데이먼은 임펠보다도 많은 것을 가지고 있다.

같은 대표 가문이라고 하더라도 가문이 마법 사회에서 가진 권력은 비교하는 게 불쾌할 정도로 차이가 심하다.

'그런 게 아니야. 놈은 내 마법을 보곤 그렇게 말했어.'

그렇다면 자신의 마법을 보고 느꼈다는 뜻이 된다.

하지만 아무리 곰곰이 생각해 봐도 떠오르는 게 없었다.

지금 임펠은 1서클 수준의 마법만 다수 구현해 놓고 의기양양하게 그런 말을 뱉었으니까.

'도대체 뭘 보고⋯⋯.'

데이먼은 자신이 구현한 빙결 보주화를 한 번, 그리고 임펠이 구현해 놓은 마법을 살폈을 때, 비로소 무언가가 이상하다는 걸 깨달았다.

'잠깐⋯⋯.'

바로 임펠이 피워 놓은 불꽃.

분명히 지금은 빙결 보주화가 떠 있는 상태인데도 임펠의 불꽃은 찬란히 타는 중이다.

보주화는 원소의 고유 성격을 극대화하는 9서클 마법.

따라서 빙결 보주화가 떠 있는 지금이라면 불꽃이 제대로 타오를 리가 없다.

물론, 임펠도 한때 부대장이란 직위를 지냈을 만큼 뛰어난 실력을 가지고 있는 것은 사실이다.

아무리 그렇다고 하더라도 불꽃이 위태롭게 타올라야 정상이다.

그런데 임펠의 불꽃은 열기를 잃지 않은 채로 찬란하고도 활발하게 타고 있었다.

전에 그와 전투를 벌였을 땐, 임펠도 검은 화염으로 치장된 보주화로 맞섰다.

어둠 원소를 더해서 물 원소에게 밀리는 상성을 상쇄한 것이었다.

하지만 지금은 순도 100%의 불 원소인데도 전보다 더 온전한 불꽃을 보이는 중이다.

'무슨…… 짓을 한 거지?'

냉철한 데이먼도 당혹스러웠다.

도대체 무슨 짓을 하면 단기간에 사람이 이토록 달라질 수 있는 것인가?

별도로 마력을 증강하는 물약을 마시지도 않았는데…….

화르륵!

이제 임펠은 새로운 마법을 보였다.

그는 화신(火神)이 된 것처럼 몸은 물론, 눈동자에서까지 불줄기가 흘러나와 타올랐다.

겉보기엔 불 원소의 6서클 방어 마법, 파이어 암과 똑같아 보였다.

"내 빙결 보주화를 고작 6서클 방어 마법 따위로 막아 보겠다고?"

"이 마법이 그렇게 보여? 역시, 난 가지고 있지만 넌 가지고 있지 않은 게 확실하구나?"

또 그 소리다.

하지만 무슨 의미인지 알 수 없기에 데이먼은 입을 꾹 닫았다.

"……."

"정확히 말하면 원래부터 있었는데 어느 순간 잃어버렸다고 해야 하나? 물론, 넌 언제 잃어버렸는지 모르겠지만."

임펠은 시종일관 당당한 언사와 표정이다.

분명히 데이먼이 아는 임펠은 저렇게 말이 많거나 당당한 표정을 짓고 다니는 녀석이 아니었다.

정말 임펠의 말대로 이그니토는 이미 예전에 죽었으며, 임펠이란 새로운 이름의 인격으로 부활한 것만 같았다.

이윽고 임펠의 몸은 형체가 완전히 일그러졌다.

정확히 말하자면 그가 구현해 놓은 모닥불과 같은 불꽃으로 변한 것이다.

그리고 미리 피워 놓은 모닥불 무리에 뛰어들어, 어떤 모닥불이 임펠인지 알 수 없게 되었다.

'……단순한 눈속임 마법인가.'

그렇게 추측할 때.

"그런 의미에서 난 이 마법의 이름을 이렇게 지었어."

어느 모닥불인지는 모르겠으나, 임펠의 목소리가 들렸다.

"'분실물'이라고. 감상해라. 난 최근에 이 분실물을 되찾았으니까."

그 직후 임펠의 공격이 시작되었다.

불꽃들은 땅은 물론, 허공까지 빙글빙글 정신없이 돌아다니기 시작했다.

속도가 워낙 빨라서 불꽃이 별똥별처럼 길게 늘어나는 것처럼 보일 지경이었다.

그와 동시에 정신 사납게 움직이는 불꽃들은 데이먼을 향해 불꽃을 무차별적으로 퍼붓기 시작했다.

그에 맞춰 데이먼은 전신 거울과 비슷한 크기의 얇은 얼음 벽을 구현해 그의 공격을 막아 냈다.

투둑!

쩌저적!

'……'

믿을 수 없는, 아니 믿기 싫은 광경이 펼쳐졌다.

분명히 기본적인 마법이며, 쓰레기라도 불러도 좋을 정도로 하찮은 마법인데.

데이먼이 구현한 얼음벽에 미세하지만 분명하게 금이 갔다.

'이럴 리가…… 없는데……'

당혹스러운 데이먼과 달리.

'기본을 잊지 않는다! 기본만을 생각한다! 겉치레는 생각에서 지운다! 모든 것은 기본에서 시작된다!'

임펠은 공격을 퍼부으면서도 속으로 그 주문을 잊지 않고 계속 외워 댔다.

전투에 몰입한 나머지 이 주문을 잊는 순간 자신은 곧바로 패배한다는 생각에 조급해진 듯했다.

임펠이 이 다짐을 주문처럼 외우게 된 계기는 단순했다.

데이먼과의 전투 이후 눈을 떴을 때, 그는 플레우드인 에밋 바이스와 수련에 매진했다.

그 당시에는 스파클도 잠시 선술집에서 지내고 있었기에 임펠은 그녀가 레지의 수련을 담당하는 것을 볼 수 있었다.

그래서, 그제야 비로소 깨달을 수 있었다.

'마력이나 서클은 나보다 뒤떨어지더라도, 저 둘은 내게 없는 것이 있다.'

그것이 바로 그가 현재 주문처럼 외우는 '기본'이라고 정의한 것.

그 기본은 다른 것도 아닌, 스파클이 레지에게 누누이 말했던 에드 가문의 특색이라 할 수 있는 것이었다.

'에드 가문의 불꽃'이라 부를 정도로 지칭하는 대명사가 되어 버린 에드 가문의 특유의 그 불꽃.

온화, 경멸, 포근함, 분노 등등.

서로 화합을 이룰 수 없는 단어들이 불꽃 속에서 조화를 이룬다 하여 붙여진 별명, '화합의 불꽃'.

바로 그것이, 기본이 레지와 스파클에겐 있었는데, 친위대 부대장까지 지낸 자신에겐 없다는 것을 깨달았다.

임펠도 출생은 에드 가문이다.

'그런데도 왜 자신의 불꽃엔 그런 기본이 없을까?'라는 질문을 스스로 던졌을 때, 답은 의외로 간단하고도 가까운 곳에 있었다.

임펠은 태어나자마자 드라코 가문에 양자로 집어넣어진 몸.

그래서 유년시절은 물론, 마법사가 되고서도 모든 시간을 어둠 원소인 드라코 가문에서만 보냈다.

눈을 뜨고, 말을 할 줄 알기 시작했을 때부터 친하게 지낸 것은 어둠 원소뿐이었다.

그리고 그렇게 친위대 부대장이 되어서도 자신의 정체를 숨기기 위해 억지로 어둠 원소만 사용했으니, 에드 가문의 '기본'이 없을 수밖에 없었다.

이에 임펠은 이렇게 생각했다.

'기본도 없는 불꽃으로 어떻게 데이먼을 꺾어? 기본부터 터득한다.'

임펠은 다음에 데이먼을 만나게 되면 무조건 어둠 원소를 버리고 오로지 불 원소로만 그를 제압할 것이라 다짐했다.

그런데 그의 불엔 에드 가문의 '기본'이 없다.

기본.

그것은 나무의 속과 같은 것이다.

가령, 두꺼운 나무 기둥 하나가 있다고 해 보자.

원체 두껍기에 두 팔을 활짝 벌려서 안을 수도 없을 정도의 큰 나무의 기둥이다.

그런데 그 속은 텅 비어 있다면?

껍데기가 부서지는 순간 나무라는 존재 자체가 사라진다.

임펠은 바로 그 '속'이 자신에게 부족하다고 생각한 것이다.

아무리 겉이 화려해도 결국 속이 비었다면 쉽게 부서지며 존재의 의미가 없어진다.

그래서 계속해서 '겉치레를 머릿속에서 지운다.'라고 되뇌는 중이었다.

남들에게 보이는 겉치레.

그것을 마법에 비유하면, 서클이 높은 상위 마법.

나무의 속은 원소.

즉, 아무리 마법이 고서클이어도 그 속이 원소로 꽉 채워져 있지 않다면 1서클보다도 못한 위력이 나온다는 것이다.

데이먼에게 자신은 가지고 있지만 넌 가지고 있지 않다고 한 말뜻이 바로 그것이었다.

데이먼이 그렇잖아도 임펠이 구현한 기본적인 마법을 보

고 오히려 비웃었기에 기본을 잊은 마법사라고 여기게 된 것이다.

원래부터 있었지만 어느 순간 잃어버린 것, 기본.

데이먼과 임펠같이 상위 마법만 다루다 보면 오히려 서클이라는 겉치레에 치중하게 돼서 기본을 쉽게 잊기 마련이니까.

그래서 임펠은 자신의 마법을 '분실물'이라고 지었다.

기본의 중요성을 절대 잊지 않기 위해, 경각심을 일깨우려는 노력이라고 볼 수 있다.

무차별적으로 퍼붓는 공격에 슬슬 데이먼의 진이 빠진 게 보였다.

무리도 아니다.

빙결 보주화가 떠 있는데도 불꽃은 찬란하고 격렬하게 불타며, 그를 공격하고 있으니까.

이것이 바로 기본을 지키는 자와 그렇지 않은 자의 차이다.

플레우드도 같은 원리다.

플레우드는 모든 원소의 근간.

즉, 모든 원소가 시작되는 곳이며 기본이라고 볼 수 있다.

그렇기에 가장 강한 원소이고, 대적할 원소사가 없는 것이다.

임펠은 그래서 플레우드가 무서운 원소사라고 여겼다.

그들의 마법은 전부가 기본을 잊지 않아야만 구현할 수 있는 마법들뿐이니까.

'그래, 데이먼. 너도 명색이 가문의 마법사이니 분명 기본은 가지고 있었어. 하지만…… 대장질을 하면서 확실히 잃은 거구나. 본래 사람이란 망각의 동물이니 당연한 결과인가.'

아무리 과거가 힘들었어도, 현재가 풍족하거나 만족스럽다면 힘들었던 과거를 쉽게 잊고 도태되는 것이 인간의 심리.

데이먼이 딱 그런 부류였다.

이윽고 임펠의 불꽃은 데이먼의 얼음벽을 깨고 그의 몸을 향한 직접적인 타격에 성공했다.

임펠의 불꽃이 타격한 부위는 데이먼의 손이었다.

비록 치명적인 타격은 아니지만, 데이먼의 멘탈을 흔들기엔 충분했다.

데이먼은 공격받은 자신의 손을 살폈다.

"……."

아무런 반응도, 말도 나오지 않았다.

치명상은 아닌, 조금 간지러운 수준의 피해지만…….

왜 자신의 얼음벽이 뚫리고 공격을 받았는지, 납득도 되지 않는 공격이었다.

"오늘은 인사차 들른 거니까 여기까지 하지."

그 직후, 임펠이 말했다.

"어차피 너랑 나는 곧 다시 만나게 될 거잖아? 보름달의 색이 머지않아 바뀔 거니까."

데이먼은 임펠의 말에 혼란스러워졌다.

도대체 무슨 자신감으로 저런 말을 당당하게 내뱉는가?

아니, 그보다 차기 대마법사로 누굴 내정했단 말인가?

보름달의 색이 바뀐다는 것은 대마법사의 원소가 바뀐다는 뜻인데.

"……뭐?"

"그때 또 보자고. 솔직한 심정으론 그때도 지금 잃어버린 것, 계속 못 찾았으면 좋겠지만."

알 수 없는 한마디를 남긴 임펠은 그대로 텔레포트를 사용하여 홀연히 사라졌다.

이제 몰락한 미하엘 가문 앞에 남은 것은 손에 작은 화상을 입은 데이먼뿐이었다.

"도대체 무슨 수작을 부린 거지?"

보름달의 색이 바뀐다는 것보다 더 받아들이기 힘든 것은 역시, 빙결 보주화가 떠 있는 상태에서 임펠의 불꽃에 피해를 입었다는 것이다.

작은 화상 때문에 손에선 간지러운 것인지, 욱신거리는 것인지 모를 통증이 그의 신경을 자극했다.

데이먼은 즉시 물방울 하나를 구현하고, 그 속에 공격당한 손을 담갔다.

"……."

그런데 참 이상했다.

왜…… 화상은 가라앉는 중인데도 그 화상의 통증은 손에서 사라지지 않는 것일까?

분명히 화상은 서서히 사라져 가고 있었지만, 통증만은 이미 피부 깊숙한 곳에 자리 잡아 손을 끝없이 괴롭히는 것만 같은 기분이었다.

"기분 참 뭣 같군. 고작 에드 가문의 쥐새끼 따위에게 이런 꼴이라니."

하페르트는 뚱뚱한 마법사를 따라 의문의 장소에 도착했다.

의문의 장소, 어떤 용도로 사용하는 곳인지 몰라서 그렇게 말한 게 아니다.

단순히 의문의 마법사가 자신을 데려온 곳이라 어떠한 위험을 비롯한 알 수 없는 것들이 도사리고 있을지 모르기에 그렇게 말한 것뿐이다.

그가 데리고 온 곳은 검사와 마법사의 거리 경계에 있는 선술집.

현재 하페르트는 손님용 의자에 앉아 있다.

예전에 레지가 처음 와서 앉아 술에 취한 채로 바이스에게 푸념을 늘어놓았던 자리다.

그리고 하페르트의 주위엔 세 사람도 함께였다.

하나는 자신을 데리고 온 뚱뚱한 마법사.

다른 하나는 흰색의 짙은 콧수염과 곱슬머리를 가진 노인.

마지막으로 키가 작은 소녀.

나이대가 전부 다른 셋이지만, 적어도 한 가지 공통점은 있다는 게 금방 파악되었다.

바로 자신을 바라보는 시선이 어딘가 께름칙하다는 것.

"……그러니까, 그래서 데리고 왔다는 거지?"

노인이 뚱뚱한 마법사에게 물었다.

"네. 미운 정도 정이라고…… 제가 너무 경솔한 짓을 한 걸까요?"

뚱뚱한 마법사는 그에게 답하면서 공손하면서도 예의를 잔뜩 차렸다.

하지만 격양된 모습은 아니다.

그 속은 평온함이 분명하게 보였다.

마치, 마법사 직위를 잃기 전의 자신이 아버지인 노힐 지크에게 말할 때와 같은 모습이 비쳤다.

'아버지…….'

그런 모습을 보고 있자니, 이젠 그에게 가족도, 형제도 없다는 사실이 다시금 떠올라 그를 괴롭게 만들었다.

가족을 잃은 충격.

아무리 정신력이 강한 마법사라고 할지라도 극복하기 힘든 상처였다.

"야, 뚱땡이, 요즘 시국이 어떤 시국인데 네 멋대로 그렇게 행동해? 미쳤어?"

그러던 와중에 소녀가 뚱뚱한 마법사에게 말했다.

"……죄송합니다, 선생님."

신기한 것은 나이는 분명 뚱뚱한 마법사가 한참이나 많아 보이는데도 깍듯하게…….

아니, 정확히 말하면 어렵게 대하는 게 의아했다.

"아이 씨, 그 세 명을 본교로 보내면서 나도 할 게 없어져서 밑의 세계에 있으라는 명령을 받아서 오긴 했다만…… 오자마자 이게 뭐야? 일이나 만들고."

'세 명? 본교?'

하페르트는 이제 소녀의 말에 집중했다.

귀가 저절로 쫑긋하게 되는 단어였다.

그렇다는 것은 저 소녀는 분교에 있었던 사람이라는 뜻이다.

게다가 마치 말하는 게 자신이 직접 보냈다는 것처럼 들렸다.

'그럼…… 6클래스 교사였다는 건가? 그런데 머리카락 색이나 눈동자 색은 특별할 게 없는데…….'

셋의 대화에 집중하자니 점점 혼란스러워졌다.

"너무 그러지 마. 레지의 말도 일리는 있으니까."

그리고 그 순간 노인의 입에서 나온, 예전에 자주 듣던 이름.

'무슨 소리야? 레지? 내가 아는 그 레지?'

하페르트는 작은 발작을 일으켰다.

"쟤 반응 보니까 널 아직 안 잊었나 본데?"

소녀가 하페르트를 보며 말했다.

"……그러네요."

"자, 됐고. 일단 해독제부터 마시자. 아무래도 그래야 얘기가 수월할 것 같군."

노인이 그렇게 말하고 지하에 잠깐 내려갔다가 오더니 두 사람과 함께 사이좋게 액체를 들이켰다.

부글부글!

"……?"

액체를 들이켠 직후 셋은 몸이 터질 것처럼 흉측하게 부풀어 올랐고, 하페르트는 잔뜩 긴장한 채로 그 광경을 살폈다.

'도대체 뭐가 어떻게 되는 거야……?'

"조금 늦으셨네요?"

밴시가 있는 교실에 도착하자마자 그녀가 말했다.

늦어서 불만을 품은 것이 아닌, 걱정스러워하는 말이다.

이렇게 늦은 것에는 그만한 이유가 있다는 것을 잘 알고 있다는 뜻으로 들렸다.

"어, 어쩌다 보니 그렇게 됐어. 미안하다, 갑자기 불러서. 이제 들어가 봐도 돼."

"으음……."

그러나 밴시는 곧장 발걸음을 옮기지 않았다.

"무슨 일이 있었는지 알려 주시면 돌아갈게요."

"특별한 건 아니긴 한데?"

"특별한 게 아닌데 1시간이나 넘게 걸릴 이유가 없죠. 누구와 무슨 일이 있었던 겁니까?"

그녀의 말대로 숨길 이유도 없으니, 난 당시의 상황을 설명했다.

케린이 내 둠 리포졸을 공격했으며, 다시 작동시킬 것을 명령한 것.

그리고 그 상태로 대련을 진행했던 것까지 전부 설명을 마쳤을 때였다.

"어땠나요? 교수 케린이요."

"어땠냐는 건 얼마나 강하냐, 이걸 묻는 거겠지?"

밴시는 고개를 끄덕였다.

"평범했어, 적어도 나한텐."

"음…… 저한텐 벅차겠죠?"

한번 머릿속으로 둘의 대련을 그려 봤다.

밴시가 에드 분교에 있었을 때 스파클에게도 겁먹었으니, 케린의 마법을 보고도 어쩌면 똑같은 반응일 거라고 나도 모르게 확정지었다.

케린과 스파클.

둘을 비교하면 누가 우위일까?

이제 난 한 가지 문제를 풀기 시작했다.

원소의 상성 같은 것 전부 제외하고 순수 마력으로만 친다면 말이다.

냉정하게 판단하자면 둘의 마력은 비슷한 것 같았다.

단, 성격의 차이는 존재했다.

'스파클은 마력이 들쭉날쭉……. 하지만 케린은 안정되고 일정해. 둘이 맞붙어도 결과는 어느 쪽에서 웃을지 쉽게 결정 못 하겠네.'

참 어려운 문제였다.

그리고 난 밴시에게 답했다.

"……아마도 그럴 것 같다."

"역시인가."

밴시는 이미 예상한 답변이었는지, 시무룩하거나 아쉬워하는 표정은 하나 없었다.

대신 굳은 결의 그런 비슷한 감정은 슬쩍 엿보였다.

전에 스파클과 처음 대련했을 때처럼 무기력한 모습은 완벽히 사라진 것은 분명했다.

표정만 보면, '노력하면 맞서는 수준까진 되겠지! 난 플레우드니까!'라는 자신감이 서린 것 같았다.

"그런데 밴시, 케린이 꼭 나를 두고 뭔가 시험을 한 것 같단 말이지."

"감히 아르키스 님을 상대로 시험을요?"

밴시는 깜짝 놀란 반응이다.

"그 기분을 지울 수가 없어. 그리고 확실하다고 생각한다. 내가 알고 싶은 건 도대체 뭘 보고 실험했느냐, 이거거든. 사용한 마법이라곤 둠 리포졸밖에 없는데……. 넌 혹시 알아? 둠 리포졸로 뭔가 실험할 수 있는 방법."

밴시는 나와 달리 바뀐 세상에서 적응하며 살던 마법사다.

그래서 나는 모르지만, 그녀는 알고 있는 것이 분명히 존재했다.

그 대표적인 예가 바로 물약으로 일시적인 더블 캐스터를 만들 수 있는 것이다.

그러니 혹시 이것도 알고 있진 않을까 하는 기대감이었지만……

"잊으셨습니까?"

그 말에 나는 부정적인 답이 나올 것을 직감했다.

"뭘?"

"전 둠 리포졸을 여기서 처음 봤지 않습니까? 그런 제가 알 수 있을 리가……."

"아, 그랬지……."

잠시 잊고 있었다.

밴시도 둠 리포졸을 처음 보곤 상당히 신기해했다는 것을.

결국, 케린의 행동에 담긴 답은 풀지 못한 채다.

"중요한 건 아닌 것 같으니 굳이 신경 안 써도 되겠지?"

상대가 뭘 어떻게 준비하건, 상관없다.

어차피 꼭대기에 향하는 순간 모든 것을 알게 되니까.

내가 그렇게 말하자 밴시는 천천히 고개를 끄덕였다.

"이만 들어가 봐. 고생했어."

"또 필요하면 부르세요. 기다리고 있을 테니까요."

"됐어. 잠이나 자. 이제 그럴 일은 없을 것 같아."

"단정 짓지 마시고요."

"……알았다."

그렇게 밴시는 교대를 마치고 돌아갔다.

같은 시각, 꼭대기.

타일런트의 모브를 통해 1층에 있는 교수 케린의 연락이 왔다.

타일런트는 흡족한 표정을 지으며 답했다.

"그래? 무려 1시간 반이나? 게다가 너와 대련을 하는 중인데도 둠 리포졸은 불안한 모습 하나 보이지 않았다는 거지?"

이미 기존에도 계속 구현 중이었던 아르텔의 둠 리포졸.

그런 상황에 1시간 반은 또 케린과 대련까지 한 상태인데도 멀쩡했다는 뜻이다.

이 정도면 확정 지어도 좋을 정도다.

-그렇습니다. 보름달께서 기대하시는 파이, 아무래도 맞는 것 같습니다.

다른 사람도 아닌, 자신의 딸 케린의 보고다.

타일런트는 절대 의심할 수 없는 보고라고 판단했다.

"좋아. 크크크크."

-기분이 많이 좋으신가 봅니다.

"그야 당연하지. 오랜 기간 꿈꿔 왔던 내 숙원이 이루어질 예정이니까."

타일런트의 숙원은 단순히 대마법사가 되는 것만이 아닌, 사일러드의 힘까지 흡수하는 것.

그런데 파이로 확정 지을 수 있는 아르텔이라는 최고급 재료가 자신의 학교에 있다.

그렇기에 자신의 감정을 숨기지 않고 그대로 표출했다.

"자, 그럼 성배 한 개의 용도는 확실히 정해졌고. 남은 건 이제 세 개인가."

-이미 남은 세 개의 성배도 용도는 정해져 있었던 게 아 닙니까?

"그렇지."

-제가 남은 세 학생들도 한번 가늠해 볼까요?

케린의 물음에 타일런트는 잠시 생각에 잠겼다.

"아니다. 나머지 세 학생까지 살필 필요는 없을 것 같아. 그 세 명이 아르텔처럼 파이일 리는 없을 거니까."

파이는 그야말로 전설에서나 나오는 존재라고 할 수 있다.

파이로 판단하는 기준을 10이라고 가정한다면, 타일런트 가 집권한 지난 300년 동안 본교를 거쳐 성배 속에 재료로 들어간 학생들은 1에도 미치지 못한다.

아니, 1도 아니다.

소수점까지 계산하자면 0.8 정도가 역대 최고치다.

그만큼 지금까지의 재료들은 타일런트의 성에 그다지 차 지 않았다.

그렇기에 아르텔이 이기적이며 독보적으로 뛰어난 재능을 가진 학생이라 할 수 있다.

그 정도로 가능성이 희박한 확률이니, 아르텔과 똑같은 더 블 캐스터라는 이유로 세 명도 파이일 가능성은 없다고 판단 한 것이다.

그리고 결정적으로, 파이는 하나만 있어도 충분하다.

-알겠습니다.

"자, 그럼 그 학생이 여기로 올라오길 느긋하게 기다려야 겠군. 파이에 더블 캐스터라면 우리가 별도로 손쓰지 않아도 알아서 잘 올라오겠지. 실력은 이미 본교 학생 중에서 대적할 학생이 없을 거니까."

－제가 생각하기에도 그렇습니다. 그 학생을 상대할 때, 마법의 활용이 남다르다는 것을 확실히 느꼈으니까요.

"활용이…… 남다르다라?"

－네, 같은 마법인데도 그저 용도만 바꿨을 뿐인데 위력이 달라지더군요. 솔직히 그때는 조금 놀랐습니다.

케린은 아르텔이 천장에 수놓았던 빗줄기처럼 얇은 송곳들을 설명했다.

이에 타일런트는 큰 흥미를 가지게 되었다.

"오호…… 네 마법을 처음 보고 바로 따라 한 것처럼 들리는데?"

－어디에서 본 적이 없을 거니, 처음 보고 따라 한 게 맞을 거라 생각합니다.

"마법을…… 처음 보고 그대로 따라 하는 능력까지 라……."

타일런트는 턱을 매만지며 중얼거렸다.

파이, 더블 캐스터. 그리고 카피 능력까지.

정말 자신이 흡수한다면 얼마나 발전할 수 있을지, 수치조차 가늠할 수 있는 수준이 아니다.

에드 에타르가 의도적으로 보낸 학생이 최고급을 넘어 독보적인 재료가 될 줄은 꿈에도 몰랐다.

어쩌면 아르텔 한 명만 성배로 만들어 사용하는 것만으로도, 굳이 성배 네 개를 다 쓰지 않고도 숙원을 이룰 수 있을지도 몰랐다.

"뭐, 꽤 괜찮은 정보들이군. 알았다. 이제 일상으로 돌아가도록."

-네.

연락을 끊은 뒤, 타일런트는 사일러드의 봉인석을 살폈다.

봉인석의 검은색 비율도 8할은 넘어섰다.

그만큼 사일러드의 힘이 약해졌다는 뜻이다.

본래 사일러드가 100의 힘을 가지고 있다면, 봉인석에 80이 묶여 있고 사일러드 본체가 가지고 있는 힘은 고작 20밖에 안 된다는 뜻이니까.

"아르텔, 그놈만 꼭대기로 오면 모든 게 끝나겠군."

"그러……니까…… 어…… 음……."

한편, 하페르트는 선술집에서 너무나 충격적인 소식을 들은 탓에 생각과 입이 그대로 얼어붙었다.

하페르트의 주위에 있는 세 마법사.

전부 거짓된 모습을 버리고, 자신의 본모습인 상태다.

뚱뚱한 마법사는 다른 사람도 아닌 0클래스 담당 교사였던 레지.

그와 오랜 시간을 함께한 것은 아니지만, 1클래스로 향하기 위해선 0클래스를 거쳤어야만 하니 분명히 기억하고 있다.

사람에게 있어 처음이란, 함께한 시간이 아무리 짧다고 해도 쉽게 잊히지 않는 법이다.

그 처음이라는 게 행복하면 행복한 대로, 반대로 불행하면 불행한 대로 뇌리에 오래 남아 있기 마련이다.

레지도 하페르트가 마법 학교에 입학하고 만난 첫 선생이기에 분명히 기억하고 있는 것이다.

노인의 정체는 에밋 바이스.

그리고 소녀는 자신을 에드 스파클이라고 소개했다.

그 뒤로 그동안 숨겨져 있었던 진실의 세상, 그것을 레지가 대표로 나서서 하페르트에게 설명했다.

하페르트도 한때는 조각사의 표적이었지만, 정확히 말하면 그의 가문이 표적이었던 것이지 하페르트란 개인은 아니었다.

게다가 친위대장 데이먼에게 허무하리만치 간단하게 모든 것을 잃었으니, 갈 곳도 없다.

설명을 마친 레지는 한 가지를 강조했다.

"하페르트, 너에게 이걸 알려 준 이유는 너도 짐작할 거라고 생각한다."

"……조각사에 들어오라는 뜻 아닌가요?"

하페르트의 답에 레지는 조용히 고개만 끄덕였다.

그 순간, 스파클의 불만이 터져 나왔다.

"조각사가 무슨 길가에 널린 상점이야, 아무나 막 들이게?"

"그래서 말씀드리지 않았습니까, 선생님. 본래 경계하긴 했지만 그건…… 이 학생의 가문이 적이었기 때문이지 학생 탓이 아니었으니까요."

"아니, 그건 둘째로 치고. 조각사도 재능 있는 놈이 들어와야 하지! 저런 머저리 말고! 에드 분교에서 퇴학까지 당한 놈을 왜 받아야 하는데? 아무리 우리 쪽수가 부족해도 그렇지!"

"……."

사람 면전에 대고 대놓고 무시하는 발언을 스스럼없이 뱉는 스파클.

그런데도 하페르트는 아무 말도 하지 못했다.

전부 사실이니까.

노힐 가문도 원소 대표 가문이 아닌 일개 구성 가문.

게다가 자신은 에드 분교에서 경쟁에서 밀려 버린 낙오생이다.

"가주님은 어떻게 생각하세요?"

레지는 바이스에게 물었다.

"흐음, 난감하네. 스파클의 말도 맞긴 하니까. 우리와 함께한다고 해도 전력에 도움이 될지 모르는 일이야. 우리가 필요한 건 전력에 도움이 되는 마법사잖나."

노힐 가문은 이미 조각사에서도 그다지 위협적인 적이 아닌, 만만한 곳으로 낙인찍힌 곳이다.

실제로 레지 하나 막지 못해서 늘 공격당했으니, 이보다 확실한 증거도 없는 셈이다.

바이스도 지금만큼은 냉정하게 판단하는 중이었다.

"그렇다고 이렇게 버리기도 어딘가 아쉬운 느낌인데……."

바이스는 하페르트를 눈으로 훑으며, 중얼거렸다.

그러던 중, 선술집에 새 손님이 찾아왔다.

바로 에드 임펠이었다.

"다녀왔습니다, 어르신."

"왔는가, 임펠. 어때? 데이먼과 인사는 잘했고?"

"하하, 화끈하게 했죠. 데이먼 녀석, 당황한 게 눈에 훤히 보이더라고요. 역시, 어르신의 수련은 최고였습니다!"

"허허, 내가 한 게 있나. 다 자네가 제대로 걸은 거지."

그 순간 하페르트의 눈동자가 움찔거렸다.

친위대장 데이먼을 만나고 왔다는 뜻은 전투를 벌였다는

뜻으로 해석 가능했다.

그런데도 저렇게 여유 만만한 모습이라니.

아니, 그걸 떠나서 몸에 상처 하나 없이, 꼭 주변을 산책이라도 하고 온 사람처럼 너무나 태평했다.

'저 괴물은 또 누구야…….'

하페르트가 보는 임펠은 검은 머리카락과 눈동자를 가진 사람이다.

초월수의 효과가 이제 막 끝난 시점이기에 임펠은 본래의 색으로 돌아온 것이다.

하지만 그런 사실을 알 리가 없는 하페르트의 머리는 복잡하게 꼬여 갔다.

'어둠 원소사인가…….? 친위대장과 대적할 수 있는 정도면…….'

임펠도 선술집 안에 있는 하페르트를 발견했다.

"응? 이 꼬마는 누구야? 머리카락이 붉은 걸 보니 설마……."

그렇게 말하던 임펠은 하페르트의 인상착의를 보고 곧장 어떤 사실을 알아차렸다.

그는 바이스에게 다가가 귓속말로 조용히 무언가를 물었다.

그러자 바이스는 고개만 천천히 끄덕였다.

임펠이 표정이 아리송하게 변한 채로 하페르트를 쳐다보

기만 할 때, 레지가 슬쩍 옆으로 다가가 말했다.

"죄송합니다. 역시 제가 너무 감정에 치우친 선택을 한 것일까요?"

하지만 표정과 달리 임펠의 입에서 나온 답은 꽤 긍정적이었다.

"아니야. 난 나쁜 선택은 아니었다고 생각해. 확실히 겪은 불행이 있으니 말이 잘 통할 수 있지. 그런데 문제는 저 친구가 어떻게 받아들이느냐잖아."

그러자 스파클이 목에 핏대를 세우며 지적했다.

"오빠! 얘, 우리 학교에서 퇴학당한 애라고!"

"그게 뭐? 재능이 있건 없건, 무슨 상관인데? 쓸 만하게 만들면 되지. 어차피 아르키스 님이 본교로 가 계신 상황이니까 시간은 충분해. 애초에 아르키스 님도 그것 때문에 본교로 서둘러서 가신 거잖아?"

차분한 임펠의 답에 스파클은 입을 꾹 다물었다.

뭐라 반박할 수 있는 게 아무것도 없기 때문이다.

"자, 노힐의 꼬마. 어쩔래? 네가 우리와 함께한다면, 우리가 널 키워 줄 순 있지. 단, 그 힘을 우리를 위해 사용하겠다는 약속만 한다면."

"하나 덧붙이자면 이분의 성함은 에드 임펠. 얼마 전까지 드라코 이그니토라는 이름으로 대마법사 친위대 부대장을 지내셨어."

레지가 설명했다.

그 순간, 하페르트는 깊은 생각에 잠겼다.

0클래스에서 잠깐 자신을 담당했던 레지.

솔직히 말하면, 하페르트도 다른 가문의 마법사가 그랬던 것처럼 레지를 무시했다.

이유는 아주 간단하다.

가문도 없는 평민 마법사였고, 선생이라는 이유로 자신에게 지시를 내리거나 하는 것이 너무나 싫었으니까.

어린 마음에서 나온 일종의 반항심이었다.

하지만 그랬던 레지가, 조각사라는 이 조직에 들어오고 나선 자신의 아버지조차도 대적할 수 없는 거대한 마법사가 되었다.

분명히 0클래스 당시 교사였던 레지는 하페르트가 기억하기로, 재능 같은 건 보이지 않았었다.

그렇다면 조각사라는 곳은 있지도 않은 재능을 만들어 주는 전지전능한 곳이란 말인가?

그뿐만이 아니다.

자신에게 친절하게 말을 건넨 임펠.

그가 사실은 친위대 부대장 출신이라니…….

게다가 멸종한 원소사라고 알려진 플레우드 가문인 에밋 가문의 가주였던 바이스까지.

살면서 단 한.번이라도 마주칠 수는 있을까 하는 귀한 마법사들이 뜬금없게도 밑의 세계에 전부 몰려 있었다.

'나도…… 레지 선생처럼 성장할 수 있는 건가.'

어차피 가문도 없고 가족도 없다.

버림받은 신세가 되었다.

그런 암울한 상황에 먼저 손을 내민 것도 모자라, 가문에선 배울 수 없었던 것들도 알려 줄 것만 같았다.

이들이야말로 가려진 세상 속 진실.

그것 말고는 아무것도 설명할 수 있는 게 없었다.

하페르트는 이들이 알려 준 진실을 믿지 못하지는 않았다.

애초에 자신의 가문이 몰살당한 게 의아했지만, 전후 사정을 알고 나니 왜 그런 결과를 맞이해야 했는지 너무나 쉽게 이해가 됐으니까.

그리고 하페르트는 어렵게 입을 뗐다.

"정말…… 제가 들어갈 수 있는 곳이 맞나요?"

"결정됐군."

임펠이 답하자, 이제 다시 스파클의 불만이 터져 나왔다.

"아무리 그래도 이건 아니지!"

그 순간, 하페르트는 스파클를 향해 제법 비장한 목소리로 말했다.

"에드 스파클이라고 하셨죠?"

"근데?"

"절 키우다가 마음에 안 들면 그때 버리세요. 그 전까진 저도 최선을 다할 테니까요. 어차피 갈 곳도 없는데 또 없어진다고 해서 별로 암울하게 느껴지진 않을 것 같거든요."

"⋯⋯."

그 한마디에 스파클은 입을 꾹 다물었다.

흥미로운 눈초리를 한 임펠이 조용한 목소리로 바이스에게 말했다.

"오호, 설마 스파클이 지금 저 꼬마한테 패기로 눌린 건 아니겠죠?"

"그렇겠지. 그저 당혹스러워서 입을 다문 것 같은데?"

"그래도 스파클을 당혹스럽게 하는 노힐의 꼬마라⋯⋯. 이것만 보더라도 가능성은 조금은 있는 것 같은데, 제 착각일까요?"

"으음⋯⋯."

바이스도 한참이나 생각한 뒤에 답했다.

"자네의 생각에 동감."

그렇게 하페르트까지 조각사의 일원이 되었다.

바이스가 나서서 상황을 정리했다.

"자, 그럼 앞으로 이 꼬마의 수련을 맡을 사람은 누가 좋을까?"

그러자 스파클이 기다렸다는 듯이 손을 번쩍 들었다.

하지만.

"안 돼. 스파클, 넌 탈락."

그녀를 가로막은 것은 임펠이었다.

"왜!"

"넌 늘 감정에 치우친 선택을 많이 하잖아. 너 2클래스 교사일 때 일화도 이미 진즉에 들었어."

"……."

"이 꼬마는 자신이 제대로 성장하지 못하면, 그때 버리라는 약속까지 했잖아. 그럼 철저하고 냉정한 평가가 필요한데, 넌 그런 평가 못 내려."

"그건 선입견이야!"

스파클은 억울함에 소리쳤다.

"봐 봐. 지금도 감정적으로 나오잖아."

"이건 억지야……."

"따라서 넌 탈락. 그렇다고…… 레지한테 맡기기엔 레지의 역량이 아직 부족하고."

"그래서 하고 싶은 말이 뭔데?"

"내가 직접 하지."

"……뭐?"

"……예?"

하페르트도 놀라서 소리 내어 말해 버렸다.

무려 친위대 부대장 출신인 마법사가 직접 수련을 진행하겠다니.

가문이 있었을 때도 받지 못한 대우다.

"대신 내 수업은 많이 힘들 거야. 너도 이미 들어서 알지, 우리가 누구를 주적으로 삼는지?"

"……대마법사 드라코 타일런트."

"그래, 그 대마법사의 수하들과 싸울 수 있는 정도가 되어야 하니까. 준비됐나?"

임펠은 나긋나긋한 목소리로 물었다.

하지만 준비됐냐고 물었을 때, 하페르트는 어떠한 위압감을 느꼈다.

이 싸움은 장난이 아니다.

목숨 내놓고 하는 짓이니, 너도 그만한 무게를 달아 놔야 한다.

이런 의도가 숨겨져 있다는 것이 느껴졌다.

"……네."

자신은 없지만, 그래도 대답만큼은 씩씩하게 했다.

"오케이. 이렇게 끝. 바로 시작하겠습니다, 어르신."

"그럼 그 꼬마는 자네에게 전담하지."

"감사합니다. 따라와, 꼬마."

임펠이 먼저 지하실로 내려가자 그의 뒤를 따르던 하페르트는 바이스 앞에 지나칠 때 한마디 했다.

"전 꼬마가 아니라 노힐 하페르트입니다. 멀쩡한 이름 있다고요."

당찬 하페르트의 표정에 바이스는 인자한 웃음을 지었다.

"하하하. 그래, 노힐의 꼬마. 내가 너의 이름을 부르면 너를 인정한다는 뜻이니까 그 전까진 꼬마라고 부르지. 이러면 불만 없나?"

"좋아요."

그렇게 임펠과 하페르트는 지하실로 내려갔다.

"가주님, 어떨 것 같아요?"

레지가 조심스럽게 물었다.

"확정 짓기에는 너무 이르지. 그래도 첫인상은 나쁘지 않았어. 정답보단 해답에 가까운 친구 같군."

바이스는 그리 답하고 어딘가로 홀연히 사라졌다.

하지만 레지는 바이스가 남긴 말이 도무지 이해가 되지 않았다.

"말씀 참 어렵게 하시네……."

그리고 스파클을 쳐다봤다.

7서클이나 되는 그녀는 혹시 바이스의 속뜻을 알 수 있지 않을까라는 기대로.

하지만.

"야, 무슨 뜻이냐, 그게? 정답이나 해답이나 똑같은 거 아니야?"

"……."

과한 기대였음을 깨달았다.

무너진 비율

임펠은 곧장 하페르트의 수업을 진행했다.

"자, 네가 구현할 수 있는 최고 수준의 마법을 한번 보여봐."

그는 하페르트와 일정한 거리를 벌린 뒤에 의자에 다리를 꼬고 태연하게 앉았다.

완벽한 평가자의 자세다.

하페르트가 자신감 있게 구현할 수 있는 최대 크기의 파이어 슈라우드를 구현한 순간, 임펠의 표정이 굳어졌다.

"잠깐⋯⋯ 너 설마 구현할 수 있는 게 1서클 마법뿐인가?"

"⋯⋯."

당차게 구현한 마법인데 임펠의 목소리를 듣고 하페르트

도 뭔가 분위기가 이상하게 흘러간다는 것을 직감했다.

그래서 이미 구현한 파이어 슈라우드에 더욱 강한 마력을 부었을 때였다.

"그만."

보다 못한 임펠이 암담한 목소리로 말했다.

영문을 모르는 하페르트는 일단 그의 말을 들었다.

"마법 수준을 보니까 탭 테이킹도 구사 못 하는 것 같은데. 에드 분교에서 퇴학당했다고 그랬지? 그게 몇 클래스에서였지?"

"……."

하페르트는 시원하게 답하지 못했다.

그도 그럴 것이 너무나 창피하고 초라한 숫자가 나올 예정이었기 때문이다.

"어서. 우리도 너에게 모든 것을 알려 준 것처럼, 너도 우리에게 숨기는 게 있으면 안 돼. 어차피 네가 답을 안 해도 따로 학교로 연락하면 그만인데 귀찮아서 그러는 거니까."

그제야 하페르트는 소심하게 검지만을 펴서 보였다.

그 검지의 의미를 안 임펠은 자신의 이마를 짝, 치며 한탄했다.

"세상에! 갈 길이 멀어도 너무 멀군. 그럼 1서클 수준의 학생이라고 봐야겠네. 탭 테이킹부터 시작하자. 최소한 그거라도 익혀야 다음 진도를 뺄 수 있어."

탭 테이킹이 뭔지는 하페르트도 알고는 있다.

가문이 온전할 때, 가문의 도서관에서 본 적이 있으니까.

하지만 직접 해 보는 건 이번이 처음이었다.

임펠은 곧장 탭 테이킹 환경을 조성했다.

태울 수 있는 것을 사방 곳곳에 배치했다. 마법의 불이 아닌 자연의 불을 만들자 순식간에 지하실 안이 후끈해졌다.

"탭 테이킹에 대해 설명하자면……."

"알아요. 가문에서 본 적 있어요."

"그럼 수고는 덜었군. 바로 시작해."

그렇게 하페르트만을 위한 기초적인 수업이 선술집 지하에서 시작되었다.

'어쩌면…… 아쉽지만, 대의를 위해선 버려야 할 수 있겠어.'

임펠이 하페르트를 보고 생각한 것이다.

탭 테이킹조차 구사할 수 없는, 생초보 마법사.

탭 테이킹은 자신만 하더라도 익히는 데 꼬박 2년이 걸렸다.

하지만 조각사에겐 2년 이상이라는 여유가 없다.

시간을 벌어다 주기 위해 본교로 간 아르키스 에이머.

그가 꼭대기까지 향하는 시간이 2년이 걸리지 않을 테니까.

1년 남짓한 시간이 남아 있을 것으로 예상하고 있기 때문이다.

'흐음, 난 지금 의미 없는 시간을 보내는 중일지도 모르겠군.'

워낙 참담한 하페르트의 상태에 임펠도 그만 부정적인 생각이 들고야 말았다.

'그래도 할 수 있는 데까진 해 보자. 속단하긴 이르니까.'

✱

시간을 슬쩍 확인했을 때다.

오후 11시 55분.

이제 5분만 지나면 다음 교대자인 헤이의 차례다.

그러나 헤이는 1층 학생 마흔 명에게 습격을 받는 바람에 양호실로 직행했다.

그래서 헤이의 시간까지 내가 대신하려고 마음먹었다.

어차피 밴시는 중간에 불려 나와서 2시간이나 대신해 줬으니, 이런 것쯤은 내가 하는 게 더 낫다고 생각해서다.

그렇게 12시가 되었을 때, 느닷없이 교실의 문이 열렸다.

헤이였다.

그는 시원한 표정과 함께 기지개를 크게 켜며 교실로 들어섰다.

"……헤이? 왜 왔어?"

"왜 오긴? 어차피 내 차례잖아."

헤이는 뭘 그리 놀라느냐는 투로 답했다.

"몸은 괜찮아?"

"응. 푹 자서 그런지 엄청 개운한데?"

"……."

확실히, 생각해 보면 헤이는 마흔 명을 상대했는데도 큰 부상은 없었다.

게다가 지금 보니 몸이 멀쩡했다.

가벼운 타박상과 찰과상이 있었는데도 지금은 아예 사라졌다고 봐도 될 정도로 말끔한 상태다.

'회복력이 원래 이렇게 좋았나, 헤이가?'

에드 분교 시절의 헤이는 열등생이라고 봐도 무방했다.

그것도 3클래스 정도까지 계속됐다.

그러나 5클래스, 6클래스를 거치면서 키에나와 함께 교감인 포머도 이긴 적이 있는 헤이.

헤이와 키에나는 3클래스 때 의심스러운 변화가 시작되었고, 그 변화는 5클래스부터 확실히 눈에 보였다.

아무래도 비정상적으로 빠른 회복력도 그런 영향 중 하나인 것 같았다.

그렇기에 의문이 들었다.

'마법사 중에 회복력이 이렇게 빠른 마법사가 있었나……?'

회복력이라 하면, 보통 몸과 관련된 용어로 쓰인다.

즉, 마법사보단 검사들에게 더 자주 쓰는 말이라는 뜻이다.

물론 정신력의 회복도 회복력이라고 말하긴 하지만, 자주 사용하는 말은 아니다.

몸이 다치면 눈에 바로 보이기 때문에 얼마나 빠른 속도로 회복되었는지 식별할 수 있지만, 정신력은 눈에 보이지 않으니까.

헤이는 확실히 비정상적인 모습을 계속 보이는 중이다.

그럴수록, 난 헤이를 예전의 친한 친구가 아닌 의심스러운 적을 대면하는 눈으로 보게 되었다.

"들어가, 아르텔. 이제 내가 왔잖아."

내 심정을 모르는 헤이는 친절하게 말했다.

그리고 그 순간.

교실에 있던 제단이 활동을 시작했고, 몬스터를 뱉어 냈다.

마침 우리의 보유 포인트는 26.

3급 제단을 닫으면 받는 포인트는 5.

졸업 기준 포인트는 30.

1층에서 맞는 마지막 포인트인 셈이다.

"헤이."

"응, 아르텔."

"온 김에 잘됐네. 애들이나 깨워. 2층으로 가야지."

"알았어."

그렇게 헤이를 보내자마자 난 아주 간단한 마법으로 손쉽게 제단에서 튀어나온 몬스터를 처리했다.

[아르텔]

-포인트 : 31/30

1층에 입학한 지 겨우 3일 차에 다음 층으로 향하는, 말도 안 되는 성과를 이뤄 낸 순간이다.

"……."

난 닫힌 제단을 멀뚱히 쳐다봤다.

최대한 빠르게 꼭대기로 향하는 것이 내 목표이긴 했지만, 3일 만에 1층을 통과한 성과로 인해 기쁜 마음보단 불편함만 가득했기 때문이다.

사일러드가 꼭대기에서 힘을 써야만 활동하는 제단.

그런 제단이 3일 동안 너무 자주 열린 탓이다.

'왜일까? 왜…….'

분명히 1층에 있던 학생들은 우리가 입학한 순간부터 제단의 활동 주기가 짧아졌다고 했다.

꼭, 꼭대기에 있는 사일러드가 내가 학교로 들어왔다는 것을 알고 일부러 힘을 사용하는 것처럼 느껴졌기 때문이다.

'착각이겠지. 그놈이 어떻게 알겠어?'

일단은 사일러드에 대한 생각은 잠시 머릿속에서 지우기로 했다.

사일러드에게 다가가기 전엔, 타일런트라는 길목을 꼭 지나야만 했으니까.

—졸업자들은 강당으로 모이도록.

그때 모브로 케린의 메시지가 날아들었다.

그렇게 우리 넷은 각자의 짐을 챙기고 공지된 강당으로 향했다.

"00시가 넘었으니 입학 3일 차인가? 3일 차에 1층 졸업이라……. 정말 오래 살고 볼 일이라니까. 이런 경우는 없었는데."

케린이 우리를 모아 두고 한 소리다.

"본교 역사상 가장 빠르게 졸업한 학생은 한 달이었는데 말이지. 그런데 난 너희가 뛰어나서 3일 차에 졸업했다고 생각하지 않아."

이제 목소리가 바뀌었다.

우리를 비아냥거리는 목소리다.

"무슨 바람이 불었는지, 제단이 비정상적으로 자주 활동하거든. 너희는 운이 좋았던 것뿐이야."

왜 저런 소리를 하는 중인지 나도 쉽게 짐작이 갔다.

본교는 제단이 활발하게 활동해야만 졸업할 수 있다는 특수성을 가지고 있다.

분교처럼 누군가와 대련해서 이기는 실력에 의존한 방식이 아닌, 운이 조금은 많이 필요하다는 뜻이다.

그런데 마침 제단까지 하루에 몇 번이고 활동했으니 그녀의 말대로 운이 많이 따라 줬다.

케린은 검은 포털 하나를 열었다.

"2층으로 향하는 포털이다."

딱 포털만 열고 그녀는 강당에서 나갔다.

하지만 나가기 직전, 그녀가 내 옆을 스칠 때 나만 들을 수 있는 작은 목소리로 이런 말을 남겼다.

"그런데 너는 재미있더라고. 그 재미있는 모습, 위층에서도 계속 보여 봐. 기대되니까."

역시, 날 두고 한 가지 실험을 했고 결과가 만족스러우니까 내게만 따로 저런 말을 남긴 건 분명했다.

"가자."

어떤 결과를 얻어 저렇게 만족하는 것인지 궁금하지만 굳이 알고 싶지도 않다.

어차피 나중에 알게 될 것이며, 지금 상황에선 딱히 중요한 게 아니니까.

난 그렇게 셋을 이끌고 포털로 몸을 밀어 넣었다.

도착한 본교의 2층.

내가 교장으로 지내던 본교와 다른 것은 하나도 없다.

그리고 포털 앞에는 새로운 교수가 나타났다.

"반갑다. 2층 교수 드라코 웜이라고 한다."

젊은 남성 마법사.

드라코 가문의 마법사답게 풍기는 분위기 역시 타일런트와 똑같다.

"간단하게 설명만 하지. 본교 2층의 졸업 조건은 1층과 거의 동일하다. 하지만 한 가지 다른 게 있는데……."

그는 설명하며 몸을 옆으로 슬쩍 비켰다.

그러자 그곳엔 제단이 있었다.

그런데 나를 비롯해 밴시, 키에나, 헤이는 전부 제단의 상태를 보고 의아한 표정을 지었다.

제단이 고작 2급 제단이기 때문이다.

2급 제단은 1층에도 있는 제단.

그게 2층에도 있다는 게 나로선 조금 납득이 가지 않았다.

"2층엔 2급, 3급, 4급 제단이 있다. 제단 개수는 총 열 개. 2급 네 개, 3급 네 개, 4급 두 개지."

"포인트 급수에 따른 포인트 지급량은요?"

내가 물었다.

1층과 중복되는 급이 두 개나 있는데 포인트는 어떤 식으로 처리하는지 미리 알아야 했다.

"1층과 동일하다고 보면 된다. 2급은 1, 3급은 3, 4급 5지."

"……."

그렇다는 말인즉슨, 제단의 난이도는 1층과 별반 차이가 없다고 보는 게 맞다.

게다가 1층에 비하면 제단의 개수도 많다.

여기까지만 보면 어려울 게 하나 없는 조건이다.

변수가 없다면 말이다.

난 그 변수를 물었다.

"2층 학생 총원은 어떻게 되죠?"

"서른여덟 명. 너희 넷이 추가됐으니 이제 마흔두 명이겠군."

교수 웝의 대답을 듣고는 허무함이 제일 먼저 찾아왔다.

내가 생각한 변수는 바로 학생 총원이다.

만에 하나 학생 총원이 1클래스보다도 많다면, 2층의 제단 개수가 1층보다 많다고 해서 이점이 있는 건 아니기 때문이다.

그런데 1층보다 제단은 네 개나 더 많고, 학생은 스무 명 가량이 더 적다.

정말 겉보기에는 졸업이 상당히 쉬워 보인다는 게 문제였다.

'이렇게 쉬우면 꼭 함정이 있기 마련인데.'

어떤 함정이 있을 걸까? 그것을 혼자 추측하려고 할 때, 웹은 등을 돌렸다.

"각자 기숙사는 알아서 찾아가고. 너희들이 알 건 그것뿐이다. 그럼, 2층 생활도 잘해 보라고."

그는 1층의 케린과 마찬가지로 학생을 귀찮게 여기는 것처럼 느껴졌다.

그렇게 웹은 떠나고, 강당에 우리만 남은 순간이었다.

강당에 있던 2급 제단이 활동을 시작했다.

'또⋯⋯?'

정말 이상하리만치 제단의 활동 주기가 너무 짧다.

하루도 채 가지 않다니?

그런 의문을 품는 동시에.

다다다다다!

강당 밖 복도에서 코끼리 무리라도 달리는 것인지 진동과 소음이 강당 안까지 울려와 우리를 위협했다.

곧이어 강당 문은 제단이 몬스터를 뱉어 내는 것처럼, 다수의 학생들을 뱉어 내기 시작했다.

그 광경을 눈으로 보고 있자니 강당 문이 마법사만을 뱉어 내는 하나의 제단이 된 것만 같았다.

눈대중으로만 대충 세어도 그 수는 족히 스무 명 이상.

역시나 1층과 마찬가지로 학생들이 가진 색은 제각각이었다.

그런데도 유독 많은 비율로 보였던 것은, 검은 머리카락이다.

분명히 검은 머리카락의 학생들은 소환사보단 어둠 원소사일 확률이 높다.

타일런트도 소환사가 원소사보다 약하다는 것을 잘 알고 있기도 하거니와 플레우드가 사라진 지금은 어둠 원소가 가장 강하다는 생각을 가진 녀석이니 어둠 원소사를 우선적으로 받았을 가능성이 크다는 뜻이다.

학생들의 등장으로 또다시 새로운 광경이 펼쳐졌다.

바로 각종 마법의 향연.

학생들이 모습을 드러낸 순간에 선두의 진입을 막는 암벽이 생성되고, 또 그걸 부수는 얼음벽, 다시 얼음벽을 부수는 어둠 원소 마법 등등 각기 다른 성질의 마법들이 한순간이 나타나기도 했다.

이는 1층에서도 본 적이 있는 광경이지만, 적어도 한 가지의 차이점은 분명했다.

바로 마법의 수준.

물 원소만 놓고 보더라도 그렇다.

1층에선 빙결 마법을 사용할 줄 아는 학생이 없다.

그런데 2층에선 빙결 마법을 구사할 줄 아는 학생이 있다.

이 점을 보면 고작 한 층 차이인데도 마법의 수준이 꽤 차이가 난다는 뜻으로 해석할 수 있었다.

'아무래도 본교의 졸업 조건이 전부 학생들끼리의 대련이니까 그런 것 같은데.'

솔직히 말하면 2층까지의 제단은 그리 위협적이지 않다.

1층에 있는 제단이 이미 두 개나 중복이니까 제단의 수준은 똑같다고 봐도 무방할 정도다.

하지만 제단을 언제 마음 편히 닫은 날이 있었던가?

이렇게 활동이 시작되면 학생들은 기다렸다는 듯이 활동하는 제단으로 몰린다.

즉, 다수의 경쟁을 몰아내고 독차지해야 하는 방식이기 때문에 남들보다 더 강한 마법을 구사해 굴복시키는 것만이 방법이라고 할 수 있다.

그러니 학생들도 제각각 자신의 마법을 보다 더 열심히 연구하고 발전시켰을 터이다.

1층에서 이미 그런 생활을 겪고 어느 정도 익숙해졌고, 2층에서도 학생들의 수준을 몸으로 직접 느낀 다음에 돌파구를 찾았다고 해석할 수 있다.

"어쩔까?"

그러던 중, 밴시가 물었다.

질문의 의도는 저 학생들의 경쟁에 합류하겠느냐는 것이었다.

"그냥 지켜보자. 우리 이제 막 온 참이니까 1층처럼 섣불리 움직이지 말자고."

본교 입학 첫날에 빨리 2층으로 향하기 위해 조금은 무리를 했다.

그래서 '생태계 파괴자'라는 별명이 붙었고, 헤이는 마흔 명에게 습격까지 받는 일이 벌어졌지 않은가?

어차피 내가 예상한 1층에서 2층으로 넘어가는 데 걸리는 시간은 한 달쯤.

그런데 우리는 3일 차에 와 버렸다.

즉, 조금은 느긋하게 움직일 수 있는 여유가 생겼다는 뜻이다.

"그러지, 뭐."

밴시는 물론, 헤이와 키에나까지도 잠시 그 자리에 서서 경쟁하는 학생들을 살폈다.

각종 마법의 향연 속에서의 승자는 라믹 분교 교복을 입고 있는 어둠 원소사 하나와 물 원소사 하나였다.

어둠 원소사는 청년이었으며, 물 원소사는 여성 마법사였다.

심지어 둘이 합이 잘 맞는 게, 누가 보면 가족 혹은 연인

사이라고 느껴질 정도다.

'서로 원소가 다르니 가족은 아니겠다.'

그렇다면 정말 연인 사이일까?

분명 빙결 마법을 사용한 마법사가 저 학생일 거라는 생각이 들었다.

아니나 다를까.

학생 무리를 굴복시킨 두 학생은 제단 앞에 당당히 섰고, 제단이 뱉어 낸 몬스터를 각자 자신의 마법으로 제압했다.

그리고 내 예상대로, 라믹 분교 출신의 물 원소 학생은 빙결 마법을 구사하는 학생이 맞았다.

둘은 제단을 처리하자마자 즉시 포인트를 확인했다.

"이번에 수확이 꽤 좋아. 제단이 갑자기 활발하게 활동하니까. 안 그래, 클레어?"

어둠 원소사가 물었다.

그렇다면 여성 마법사인 물 원소사의 이름은 클레어.

내가 한 가지 더 궁금한 것은 과연 클레어는 라믹 가문의 마법사일지다.

인상착의만 본다면 라믹 리비아와 거리가 멀지만, 혹시 모를 일이니까.

"그러게. 이제 13포인트 남았나? 힘내자고, 케이."

'어둠 원소사의 이름은 케이.'

두 학생의 시선은 이제 우리에게 향했다.

"응? 신입생인가 보네."

"클레어. 저기 둘, 머리 색 좀 봐."

케이가 나와 헤이를 가리키며 말했다.

"뭐야……? 설마 더블 캐스터? 그렇지 않고서야 머리카락 색이 저럴 리가 없잖아?"

클레어는 유독 격양된 모습을 보였다.

저런 반응이 나온다는 것은 딱 하나.

분교와 달리, 본교에서는 서로 다른 층끼리 연락할 수 있는 수단이 아예 없다는 것.

즉, 세상과 단절된 공간에서 살고 있다는 뜻이다.

그래서 더블 캐스터가 본교로 왔다는 소식도 2층의 학생들은 전혀 모르고 있었다는 게 된다.

'이건 타일런트가 따로 손쓴 거겠지. 일부러 세상과 단절시키려고.'

어차피 자신의 재료로 만들기 위해 분교까지 설립한 녀석이니 이것도 다 계산된 것인 건 분명하다.

그리고 학생들도 학교 밖의 상황을 모르는 쪽이 타일런트에게 훨씬 도움이 된다.

학교 밖에서 본교 학생들이 맞이한 죽음의 소문이 퍼지면 타일런트에겐 아무런 이득도 없는 곤란함만 가득해지니까.

역시, 계획 한번 철저하게 하는 놈이다.

"이런, 앞으로 더 피곤해질 것 같은데. 굴러온 돌이 박힌

돌을 빼겠어.”

클레어가 등을 돌리며 말했다.

그것도 서로에게만 들릴 정도로 작게 말하지 않고, 다 들리도록 크게 말한 것이었다.

“호사다마인가. 어쩜 요새 일이 잘 풀린다 했다. 이제 풍파가 시작되는 건가.”

케이도 클레어 옆으로 다가가, 그녀의 어깨에 팔을 걸치며 노골적으로 말했다.

“풍파를 이기면 뭐다?”

“좋은 일만 생긴다!”

그렇게 말을 주고받은 두 학생은 승자의 여유로움을 보이며 강당을 떠나갔다.

어쩐지 마법의 합이 좋다고 여겼는데, 둘이 대화를 하는 것도 쿵짝이 아주 잘 맞는다.

그런데 둘이 강당에서 나가는 순간 내 눈에 반짝 빛나는 무언가가 보였다.

그것은 케이의 손가락에 끼워진 반지였다.

케이는 클레어의 어깨에 팔을 걸치고 있었는데, 어깨 끝에서 흔들리는 손가락, 그것도 네 번째 손가락에 반지가 끼워져 있었다.

이윽고 클레어 또한 케이의 어깨에 팔을 걸쳤다.

그리고 나는 볼 수 있었다. 클레어의 네 번째 손가락에도 케이와 똑같은 반지가 끼워져 있는 것을.

'그런 거였군. 연인 관계였어. 그나저나 연인 학생이 본교로 같이 온다라…… . 참…… 신기하네.'

"쟤네 분위기가 조금…… ."

이제 당사자가 사라지니 밴시가 입을 열었다.

"조금 뭐?"

"왜 이렇게…… '블링블링' 한 느낌이지? 본교에서 이런 분위기를 내는 학생을 보다니. 나만 그렇게 느낀 건가?"

키에나와 헤이도 고개를 천천히 끄덕였다.

자신들이 보기에도 둘의 분위기가 너무 애틋하고 사랑스러운 느낌이 강했다는 뜻이다.

나도 솔직히 의외였다.

죽음이라는 흑막의 결정체인 본교.

그 속에서 저런 밝은 분위기를 내는 학생들이 존재했다니.

물론, 저 두 학생은 이 학교의 끝에 무엇이 기다리고 있는지 모르니까 저런 분위기를 내는 게 가능했을 거다.

한편으론 씁쓸함도 찾아왔다.

만약 저 둘이 꼭대기로 향하면 사이좋게 세상을 떠나는 것이 될 테니까.

그것은 천생연분과는 거리가 너무도 먼 결과물이다.

분명히 각자의 목표와 약속을 이루기 위해 본교로 왔을 터인데, 세상 물정을 모르고 저렇게 순진한 핑크빛 분위기를 내는 게 안타까웠다.

난 이제 화제를 돌렸다.

"밴시, 방금 봐서 알지?"

"응. 클레어, 케이. 저 둘이 2층의 왕인 것 같다."

역시, 밴시도 눈치는 제법 빠르다.

아니, 이건 눈치보다 분석이 좋다고 말해도 된다.

웝은 2층 총원이 마흔두 명이라고 했고, 내가 강당에서 본 학생은 스무 명 남짓.

남은 스무 명을 다 보고 클레어와 케이가 2층의 왕이라고 단정 지어야 하는 것 아니냐는 질문을 건넬 수 있다.

하지만 내가 생각하기엔 그건 그저 귀찮은 일이라고 결론 내릴 거다.

이유는 단순하다.

1층에서 겪었던 상황을 생각해 보면 아주 간단한 문제이기 때문이다.

애초에 경쟁에서 이길 자신이 없는 학생들은 3급 제단을 포기하고, 상대적으로 경쟁력이 떨어지는 1급 제단을 선택했다.

즉, 그 말은 경쟁의 자신감이 없는 학생들은 일찌감치 포기한다는 뜻이다.

1층의 학생들이 일부러 제단이 열려도 우리가 처리하도록 놔둔 것과 똑같은 현상이다.

넘지 못할 강자가 있으면 먼저 올려 보내고, 그 뒤에 자신이 강자가 된다.

다들 이런 생각으로 움직였다.

그러니 지금 2층의 모습도 그것과 똑같을 것이라는 뜻이다.

'그럼 방금 열린 제단은…… 열 개 제단 중에 여기가 유일했던 건가?'

빙결 마법까지 사용하는 클레어가 강당까지 온 것을 보면 아무래도 그렇지 않을까 하고 추측하는 것이다.

분명히 내가 보기에도 꽤 수준이 높은 빙결 마법이었으니까.

에드 분교 1클래스 교수 니드가 잠깐 생각날 정도였다.

"자, 며칠은 우리도 쉬자."

나는 기숙사에 들어가기 전에 말했다.

"왜?"

의문을 표한 것은 밴시였다.

"3일 차에 2층으로 넘어왔으니 시간적 여유가 있기도 하거니와 며칠간 보면서 2층 수준이나 파악하려는 거지."

그리고 슬쩍 키에나와 헤이에게 들키지 않을 플레우드 구체를 하나 구현하고 밴시의 몸에 붙여 링킹을 연결했다.

'에타르랑도 속도를 맞추려는 게 가장 큰 이유야.'

'아……! 그렇죠.'

"그래, 어차피 나도 피곤했는데 잘됐네. 조금 쉬자."

눈치 빠른 밴시는 링킹을 통해 내게 답한 뒤, 일부러 키에나와 헤이에게 들리도록 말했다.

나는 지금 피곤하니까 쉬고 싶다. 그러니까 아르텔의 말대로 하자.

이 생각을 노골적으로 표출한 것이다.

"그럼 난 먼저 간다!"

밴시는 그렇게 먼저 기숙사로 향했다.

"키에나, 헤이, 너희도 조금 쉬어. 고생했으니까. 특히 헤이 너는 더 그럴 거잖아."

1층에서 마흔 명의 학생을 양호실로 보낸 업적까지 가지고 있으니 그것을 핑계로 말한 것이다.

"그래, 그러자. 조금 쉬는 것도 나쁘지 않지. 나도 마침 공부 좀 해야겠어. 빙결 마법을 사용하는 학생이 있다니 깜짝 놀랐네."

헤이는 불과 어둠의 더블 캐스터.

게다가 에드 분교에서 상성인 라믹 비르에게 고생한 적도 있으니 준비를 철저히 하겠다는 뜻으로 들렸다.

"키에나 너는?"

"음, 나도 마찬가지. 그럼 나도 가 볼게."

그렇게 키에나도 기숙사로 향했다.

'역시 하루가 지날수록 키에나의 상태가 이상해져.'

그 전이라면 호들갑스러울 정도로 높은 톤의 목소리로 말했지만, 요즘엔 딱 본론만 말하는 성향이 짙었다.

표정도 에드 분교에서처럼 연신 웃는 게 아니라 늘 무표정했다.

어둠 원소를 다루는 모습은 보이지 않았는데 성향은 어둠 원소사와 똑같았다.

"그럼 다들 잘 쉬자."

일단 그렇게 헤어지며 나도 기숙사 안으로 들어왔다.

들어오자마자 나는 새로운 모브를 꺼냈다.

바로 에드 분교에서 에타르에게 받은, 에타르하고만 이어진 모브다.

－에타르, 연락 가능한가?
－말씀하십시오, 아르키스 님. 본교 생활은 어떠십니까?

예상외로 에타르의 답장은 곧장 날아들었다.

－나 지금 2층이다.
－⋯⋯네?

그러자 모브에서 들려온 것은 당혹한 반응이었다.

메시지로 보고 있음에도 에타르가 앞에서 말하는 것같이

느껴졌다.

아니, 그뿐인가.

에타르의 표정도 모브가 거울이 된 듯이 훤히 그려진 것만 같았다.

분명 지금 아주 당혹스러운 표정을 짓고 있을 것이다.

-아니…….

정말 복잡한 심경을 나타내는 답장이었다.

이에 내가 먼저 선수 치듯, 물었다.

-너무 빠르지?

-……예.

에타르의 답장이 다시 내게 전달되기까지, 이전과 비교하면 긴 시간이 걸렸다.

그래도 괜찮다고 답할지, 아니면 솔직하게 답할지 고민한 눈치인 것은 확실하다.

결국, 그는 고민 끝에 솔직하게 답하기로 정한 것이다.

-그런데 어떻게 3일 만에 2층으로 향할 수가 있습니까? 아무리 아르키스 님이라도 본교 방식상 쉽지 않았을 텐데요.

에타르도 상식적으로 생각하면 말이 안 되는 현상이라고 판단한 모양이다.

난 본교의 실태를 그대로 전했다.

우리가 입학하고 나서, 제단이 비정상적으로 자주 활동한다는 것.

심지어 타일런트가 다음 층으로 향하는 졸업 조건 포인트를 하향 조정한 것까지.

–타일런트가 교칙을 바꾸다니. 300년 만에 처음 있는 일입니다. 꼭대기에 있는 사일러드를 가둔 철문처럼, 절대 변하지 않는 것 중 하나였는데요. 혹시 조급해서 그런 걸까요?

그의 질문을 보고 나는 흐뭇해졌다.

이유는 단순하다.

내가 자리를 비운 300년 동안 에타르가 보이지 않는 곳에서 홀로 묵묵히 타일런트와 맞서며 평소 타일런트에 대한 분석을 철저히 해 온 것이 느껴졌기 때문이다.

나는 타일런트를 제자로서 오래 봐 왔기에 누구보다도 그 사실을 잘 느낄 수 있었다.

난 곧장 답장을 입력했다.

–내 생각도 그래. 그리고 그 조급함의 이유는 봉인석이 전부 검게 물

드는 때가 빠른 속도로 다가오는 중이기 때문인 거겠지.

　－이제야 앞뒤가 맞춰지는 느낌이군요. 제단이 비정상적으로 자주 활동하는 것은 꼭대기에 있는 사일러드가 그만큼 힘을 자주 사용한다는 뜻이니, 그만큼 봉인석의 흡수가 빨라지겠지요.

　－그래서 말인데, 에타르.

　－최소한 시간이 얼마나 필요한지를 묻고 싶으신 거죠?

　눈치 한번 빠르다.

　예전의 에타르라면 이런 눈치도 없었는데, 정말 시간이 많이 흐르긴 했나 보다. 어쩌면 그만큼 에타르도 많이 변했다는 뜻일지도 모르겠다.

　이런 상황에서 이 정도 눈치도 없는 게 이상한 것일지도 모르지만.

　－그래.

　－저희도 최대한 서두르고 있지만, 최소한 1년은 필요합니다. 그런데…… 가능할까요?

　걱정이 묻어나는 질문이다.

　'1년이라…….'

　나도 혼자서 머릿속으로 각종 상황을 그려 봤다.

　일부러 시간을 조절하면서 올라가는 것.

내게 있어 상당히 어려운 과제다.

에드 분교 1클래스의 졸업 조건만큼이나 까다로운 상황의 제약이 걸린다.

에드 분교 1클래스 당시.

아무리 나 혼자만 잘해서 포인트를 쌓는다고 해도 아무런 소용이 없었다.

동반 입학 제도로 묶인 키에나와 헤이까지 나와 비슷한 성적을 유지해야 했고 또 상위권에 있으면 포인트 소모가 10배가 되니 그것까지 조절해야 해서, 1클래스 졸업 조건이라고 보기엔 그 장벽이 너무나 높았다.

지금 본교 1층도 똑같다.

제단을 닫고 포인트를 얻는 것이 주목적이지만, 제단으로 향하는 길에도 많은 방해꾼들이 도사리고 있다.

어디 방해꾼뿐인가?

제단은 에드 분교 1클래스에서의 대련처럼, 내가 원할 때 할 수 있는 게 아니다.

바로 사일러드가 힘을 사용해야만 열리는 특수한 시설물이기 때문이다.

그런 생각을 계속하던 중이었다.

한 가지 묘안이 번뜩였다.

'……그런 방법이 있었잖아! 그게 실현 가능성이 가장 높아 보이는데.'

나는 즉시 에타르에게 물었다.

–1년? 1년이면 돼?

확실히 정해 두기 위해 조금은 강압적으로 물었다.

–네. 1년이면 충분한 시간입니다. 그런데 무슨 좋은 수라도 있으신
건가요?

내가 갑자기 자신감 충만하게 물으니, 에타르는 조금 당황
스러웠던 것 같다.

–생각해 보니까 굳이 시간을 조절하면서 올라갈 필요가 없잖아?
–네?

에타르는 내 말뜻을 제대로 이해하지 못했다.

–그냥 6층까지 올라간 다음에, 거기에서 버티면 되는 거 아니야? 어
차피 네게 필요한 시간은 최대 1년인 셈이니까. 충분할 것 같은데?

본교의 상황은 특수하다.
제단이 다음 층으로 넘어갈 수 있게 해 주는 열쇠인데, 그

제단의 주도권은 교장인 타일런트에게도 없다.

본교와는 완전히 무관한 사일러드에게 있기 때문에 정말 운에 모든 것을 맡겨야 할 정도라고 말할 정도다.

이런 상황에서 어떻게 속도를 조절할까?

그래서 든 생각이, 차라리 운이 따라 줄 때 최대한 빨리 본교의 최상층인 6층으로 향한 뒤 그곳에서 대기하는 게 현실적으로 더 와닿는 계획이라는 것이었다.

사일러드는 이미 300년이 넘게 꼭대기에 갇힌 몸이다.

그만큼 봉인석도 곧 완전체가 된다.

완전체란, 봉인석이 사일러드의 힘을 전부 흡수해 완전한 까만색으로 도색되었을 때를 말한다.

내가 사라진 시간 300년.

그리고 내가 대마법사를 지내면서 꼭대기를 지킨 것도 약 150년.

총합 450년이라는 긴 시간을 버틴 것도 용하지만, 이제 그렇게 버티는 것도 아무리 사일러드라 하더라도 슬슬 무리가 오고 있다는 뜻이다.

타일런트의 조급함이 바로 그것을 나타내는 말이기도 하니까.

그래서 언제 갑자기 제단의 활동이 멈출지는 나도 모른다.

내가 꼭대기에 있는 봉인석의 상태를 살필 수 없는 상태니까.

그러니 운이 이렇게 따라 주었을 때, 그 운을 최대한으로 이용하고 최단기간으로 꼭대기까지 가진 못하더라도 6층에는 안착해야 하는 것이다.

만에 하나, 6층에 도착했을 때 제단 활동이 멈춰 버려 더는 제단이 열리지 않을 경우.

그땐 타일런트가 막아 놓은 길이자, 내가 교장으로 있었던 시절 이용했던 길을 뚫어 버리고 꼭대기로 향하면 된다.

어차피 에타르가 준비를 전부 마쳤다면 나도 더는 웅크리고 있을 필요가 없으니까.

–아…… 그렇긴 하지만…….

에타르도 무슨 뜻인지 이제야 아는 눈치였다.

하지만 다른 무언가를 또 걱정하는 듯했다.

–걱정하는 게 뭔데?

–아르키스 님의 계획이 가장 가능성이 있는 건 맞습니다만…… 괜찮으실까요? 6층에 오래 있으면 타일런트가 가만히 놔둘 것 같지 않아서요.

–그건 걱정 마. 내가 알아서 할 거니까.

별걸 다 걱정한다.

하지만 에타르가 걱정하는 건 철저하게 나만의 영역.

에타르까지 그런 영역으로 끌어들일 필요는 없다.

―나는 신경 쓰지 말고 준비나 착실히 해. 널 기다리고 있으니까. 준비가 부실하면 결과가 어떻게 되는지 너도 잘 알잖아.

―네, 결과도 부실하죠.

결과라는 것은 늘 준비에 쏟아부은 노력에 비례하는 법이다.

완벽한 노력으로, 준비에 모든 것을 쏟아부어도 결과가 부실할 때가 있는 법인데.

준비조차도 부실한데 어떻게 창대한 결과를 바랄까?

따라서 서로 원하는, 창대한 결과를 위해서는 각자가 맡은 영역에서 최선을 다하는 수밖에 없다.

그렇기에 난 일단 에타르를 안심시켰다.

―네, 아르키스 님. 그렇게 따르겠습니다.

―그래, 준비되면 꼭 연락하고. 그때만 연락해. 앞으로는 나도 안 할 거니까.

―알겠습니다.

에타르는 아무런 대꾸 없이 내 지시를 따랐다.

그만큼 상당히 중요한 일이기에 사태의 심각성과 중요성을 알고 자신도 묵묵히 준비하겠다는 강한 신념을 짤막한 대답으로 표출하는 것이리라.

－건강해라, 에타르.
－네, 아르키스 님께서도 건강하십시오.

그렇게 에타르와의 연락은 끝이 났다.
"자, 이제 내가 할 일은……."
잠시 골똘히 생각하다가 기숙사 밖으로 나왔다.
2층의 분위기나 살피고, 제단의 위치를 미리 숙지하기 위해서다.
하지만 이번엔 1층과는 조금 다르다.
1층에서 느낀 것이 있는데, 굳이 모든 제단의 위치를 알 필요가 없다는 것.
각 층에 있는 최상위 등급 제단의 위치만 알면 된다.
2층에 있는 최상위 등급 제단은 4급.
그러나 숫자가 2급과 3급에 비하면 절반인 두 개밖에 되지 않는다.
바로 그 4급 제단의 위치를 찾기 위해 나설 때였다.
다다다다다닥!
또다시 코끼리 무리가 달리기라도 하는지, 시끄러운 소리와 땅의 진동이 울려 퍼졌다.

그런데 참 이상했다.

아무리 많은 학생들이 모여서 동시에 뛴다고 해도, 이런 소리와 진동이 일어날까?

그런 의문을 가지고 소리의 진원지를 향해 고개를 돌렸을 때, 비로소 그 이유를 알게 되었다.

"어이쿠야⋯⋯."

꼭대기에는 새로운 이상 징후가 찾아왔다.

바로 제단의 활동 범위가 갑자기 좁아진 것이었다.

타일런트와 문지기는 봉인석 앞에 서서, 서로 머리를 맞대며 고민했다.

활동 범위가 좁아졌다는 것은 특정 구역의 제단만 활동한다는 뜻이다.

바로 어제까지만 하더라도, 본교 1층부터 6층까지의 제단이 활발하게 움직였다.

그런데 지금은⋯⋯.

제단이 활동하는 층은 1층과 2층뿐이었다.

최상위 제단을 감지하는 모브는 6층에만 설치되어 있다.

그렇기에 5층까지의 제단이 활동할 땐, 각 층에 배치된 교수진들이 따로 타일런트나 문지기에게 보고하는 방식이었다.

그런데 바로 그 이상 증세가 오늘부터 시작인 것이다.

"이게 무슨 뜻일까요……."

문지기도 타일런트를 보좌하면서 처음 보는 광경에 조심스럽게 물었다.

이전까지만 하더라도, 제단이 모든 층에서 동시에 열리는 일은 없었다.

한 층에 한 번.

그것이 제단의 공식이었다.

그런데 어제까지는 모든 층의 제단이 동시에 열리는 것도 모자라서 이제는 1층과 2층에만 집중되고 있다.

심지어 그 활동 주기조차도 말이 되지 않을 정도로 짧다.

지금까지 관찰된 것만 세 번.

이 속도라면 하루에 열다섯 번 이상 열리는 것도 무리가 아니었다.

타일런트는 그저 입을 꾹 다물고 차가운 표정으로 봉인석만 쳐다보다가, 슬쩍 철문으로 시선을 옮겼다.

사일러드가 안에 있는 그 철문이다.

"나도 궁금하네. 마음 같아선 저 문을 열어 버리고 직접 물어보고 싶을 정도야."

"제단은 저 안에 있는 사일러드가 힘을 사용해야만 열리는 것인데…… 왜 갑자기 힘을 이렇게 자주 사용하는 걸까요? 꼭 무언가를 기다리고 있는 것처럼…….”

“그러게. 그 머릿속을 헤집을 수만 있다면 참 좋겠군.”

뱉는 대답은 무덤덤했지만, 적어도 타일런트는 심정이 상당히 불편했다.

사일러드가 힘을 자주 사용하는 건 타일런트에게 있어 호재지만, 그 뒤에 어떤 결과가 기다리고 있을지 모르기 때문이다.

솔직히 조금 두려운 것도 있다.

상대는 결코 만만하게 볼 수 있는 자가 아니다.

한때 마법 사회는 물론이거니와 검사 사회까지 파멸 직전까지 몰고 간, 플레우드도 아닌 주제에 역사상 가장 강력했던 더블 캐스터니까.

“왜 1층과 2층에만 집중되기 시작한 걸까? 1층과 2층에 뭐가 특별한 것이 있는 걸까, 아니면 단순한 우연의 일치일까?”

타일런트가 중얼거리듯 물었다.

그리고 머릿속으로는 예상하는 1층과 2층의 특별함을 찾기 시작했다.

“아, 그거군. 그런데 그게 영향이 있으려나?”

의심이 가는 점은 생각 외로 쉽게 떠올랐다.

“생각하시는 게 무엇인지요?”

"1층과 2층의 공통점. 전부 더블 캐스터가 있는 곳이잖아."

너무나 간단한 답이었다.

1층엔 쿠로와 테슬라라는 더블 캐스터가.

그리고 2층엔 타일런트가 가장 눈여겨보는 에드 분교 출신, 아르텔과 헤이가 있다.

그런데 여기에서 문지기는 의문 하나가 들었다.

"……만약에 그게 맞다면, 사일러드가 일부러 그 학생들을 위해서 제단을 열고 있다는 것이 아닙니까?"

문지기는 질문을 하면서도 연신 고개를 절레절레 저었다.

아무리 생각해도 이게 말도 되지 않는 일이기 때문이다.

어쩌면 지나친 억측에 지나지 않는다고, 스스로도 그런 생각을 가지게 되는 추측이다.

"그렇지……?"

"사일러드가 일부러 부른다는 뜻은 본교의 실태를 잘 알고 있다는 뜻인데……."

어느 순간, 둘은 그 부분에 집중했다.

"어차피 가설일 뿐이잖아. 가설은 언제든 역설로 변하는 법이거든. 조금 더 지켜보면 돼. 과연 가설이 정설로 변할지 말지 말이야."

타일런트도 이 비밀을 풀고 싶었다.

만약 며칠 더 지켜보는데도 똑같은 현상이 발생한다면, 그가 세운 가설이 완벽한 정설로 탈바꿈하는 것이다.

'그런데 이상하군…… 만약 그것이 정설이 된다면 사일러드는 저 철문 안에서 우리의 얘기를 엿들을 수 있다는 게 되는 것 아닌가?'

하나의 이상 현상으로 인해 또 다른, 새로운 의구심도 피어올랐다.

'그게…… 가능한가?'

꼭대기를 만든 장본인이 자신이 아니기에 어떤 약점이 있는지, 어떤 구조를 가지고 있는지 아예 알지 못한다.

그렇다고 타일런트 자신이 문을 열고 안으로 직접 들어가서 생활해 볼 수도 없는 노릇이지 않나?

이 꼭대기의 창시자는 이제 세상에 남아 있지 않은, 실재도 하지 않는 사람이 되어 버렸으니까.

'하여간 하얀 것들은 귀찮은 것들밖에 없군.'

타일런트는 불만을 혼자서 조용히 삼켰다.

아르텔 팀이 사라진 본교의 1층엔 예상과 다른 상황이 학생들에게 찾아왔다.

기존의 학생들은 어차피 제단이 자주 열리는 상황에서 강적인 아르텔 팀을 먼저 위로 올려 보내는, 무언의 담합을 체

결하였다.

굳이 학생들이 전부 한곳에 모여서 논의할 필요도 없이, 상황에 맞물린 자연스러운 생각의 일치였다.

그렇게 어제.

강적이었던 아르텔 팀이 1층에서 떠나고, 이제 수준에 맞는 경쟁을 벌일 생각을 하던 1층의 학생들.

그러나 그 경쟁은 치열하게 일어나지 않았다.

아니, 정확히 말하면 일어나고는 있지만 학생들이 예상한 수준이 전혀 아니었다.

그도 그럴 것이, 갑자기 1층에 이변이 찾아왔기 때문이다.

"야! 또다! 또야!"

1층 복도에서, 어느 학생이 자신의 친구에게 소리쳤다.

방금 제단을 닫았는데 20분 조금 지나자 다시 열린 것이다.

심지어 특정 급수의 제단이 아닌, 다시 1층에 있는 모든 제단이 동시에 열린 상황이다.

"또……? 아니, 뭐야? 갑자기 왜 이래?"

평소라면 제단이 열렸다는 소식에 수많은 학생들이 한 번에 한 장소로 몰려드는 게 당연했지만, 웬일인지 학생의 목소리는 귀찮음이 잔뜩 묻어났다.

이미 가장 낮은 등급인 1급 제단이긴 하지만, 오늘 하루에만 두 개를 직접 닫았기에 수확은 충분하다.

이런 이상 현상이 나타나기 전까지만 하더라도 2개월에 1포인트만이라도 얻으면 많이 얻는 거였다.

하지만 오늘만 놓고 보더라도 이미 2포인트를 얻었다.

그런 상황이기에 다시 일괄적으로 열린 제단에 큰 관심을 보이지 않았다.

"굳이 또 가야 해? 보니까 이제 엄청 자주 열리는 모양인데, 이번엔 쉬어도 되지 않아?"

그리고 정말 평소라면 생각지도 못한 제안을 꺼냈다.

이런 이상 현상이 찾아오기 전까진 편법을 쓰더라도 제단을 어떻게 차지할지 고민하던 학생들이 이젠 오히려 제단을 방관하는 꼴이 됐다.

"그래, 그러자. 오늘은 이 정도면 충분하지."

이런 이상 현상이 찾아오기 전까진 정말이지 감히 상상도 할 수 없었던 일들이 학생들 사이에서 순식간에 성행하기 시작했다.

이미 1층의 실태는 이렇다.

가장 높은 등급인 3급 제단은 더블 캐스터 쿠로와 테슬라가 차지했다.

이미 두 학생의 실력은 본교 1층의 학생들도 잘 알고 있다.

그리고 다시 내려진 결론.

'굳이 경쟁할 필요가 없다. 3급은 제외한다.'

아르텔 팀이 있었을 때의 상황이 끝나지 않고 이어진 것이다.

하지만 그때와 다른 점이 있다면 모든 제단이 동시에 자주 열리는 바람에 남은 학생들은 1급, 2급 제단을 두고 경쟁하는 꼴이 됐다.

그마저도 하루에 몇 번이나 열리니 경쟁자가 많이 몰리면 쉬어 버리고 경쟁이 느슨한 때를 골라서 제단으로 향하는 실태가 된 것이다.

그렇게 3급 제단을 아무런 문제 없이 차지한 쿠로와 테슬라는 서로 동시에 같은 생각을 하게 됐다.

'이런 상황이 조금만 더 지속되면…… 나도 아르텔 그 녀석처럼 며칠 안에 2층으로 가겠는데?'

생각이 끝남과 동시에 자신의 모브를 슬쩍 확인했다.

두 학생 전부 3급 제단을 네 번만 처리하면 2층으로 넘어갈 수 있는 상태였다.

2층에 처음 들어왔을 때 시기 좋게 우리가 도착한 강당에 있는 제단이 열렸고, 그때도 복도에서 시끄러운 소리를 동반한 진동이 강당 안까지 전해졌다.

그 이유가 바로 대지 원소사들 때문이었다.

대지 원소사들은 복도의 땅을 뜯어 탈것으로 만들면서, 동시에 다른 학생들이 제단을 향해 다가가지 못하도록 방해하는 마법을 벌인 것이다.

내게 아주 익숙한 마법이다.

환생 전에 자주 본 게 아니라 환생한 이후에도 저런 대지 원소 마법을 자주 접하게 했던 녀석이 있었기 때문이다.

바로 에드 분교 3클래스 때, 수석이었던 켈레드.

그가 나와의 첫 대련에서 사용했던 마법과 비슷한 마법을 본교 학생들이 현재 일상생활에서 아무런 제약 없이, 자유롭게 사용하는 중이다.

다만 켈레드와 조금 차이가 있다면.

역시 본교이기 때문에 켈레드와 비교하면 수준 차이는 상당하다는 것이다.

탭 테이킹 수준도 켈레드는 한참이나 아래에 있는 정도다.

'어쩐지 이상하다 했어.'

난 그런 학생 무리를 가만히 지켜봤다.

학생들은 다들 비장한 표정으로 제단으로 향하는 그 와중에도 서로를 견제하며, 자신을 속박하거나 공격하는 마법이 있으면 방어하거나 부수며 묵묵히 제단이 있는 곳으로 향했다.

난 일단 그 싸움에 끼어들지 않기로 했다.

한 번에 많은 학생이 몰리는 탓에 복도가 비좁기도 하거니와 딱히 지금 싸움에 끼어들어도 이득 될 것은 아무것도 없다.

그리고 그 무리에는 단연 돋보이는 학생들이 존재했다.

바로 아까 봤던 클레어와 케이.

둘은 대지 원소사들의 마법을 간단하게 부수며 선두에서 여유롭게 제단을 향해 나아가고 있었다.

난 그대로 학생들의 뒤를 밟았다.

'이 학생들은 나와 달리 제단의 위치를 전부 알고 있어.'

난 이 학교의 시설물 위치만 전부 아는 것이지 제단은 모른다.

내가 죽고 나서 생긴 시설물이기도 하고, 타일런트가 일부러 설치한 곳이기에 더더욱 그렇다.

굳이 혼자서 돌아다니면서 찾는 것보다, 마침 제단이 열렸을 때 학생들의 뒤를 밟아 시간을 절약할 속셈이었다.

대신, 벌써부터 서로를 견제하는 학생들의 마법에 휘말리지 않도록 거리를 일정하게 벌리고 따라나섰다.

그렇게 도착한 곳은 2층의 정원.

도착하자마자 난 어떤 위압감을 느꼈다.

다름 아닌 정원에 무려 제단이 네 개나 모여 있었기 때문이다.

'이건…… 일부러 그런 건가?'

정원 가운데에 하늘을 가릴 듯한 거대한 나무 한 그루가 있었다.

그리고 그 나무를 중심으로 동서남북 방향으로 각각 네 개의 제단이 있었다.

제단이 형성한 대열을 보자니 에드 분교 3클래스에서 봤던 원소 우대 대련장으로 향하는 포털과 비슷한 느낌이었다.

심지어 네 개의 제단들은 전부 서로 등급이 달랐다.

2급 한 개, 3급 두 개, 4급 한 개.

그것이 정원에 모인 제단들이었다.

하지만 내 시선은 이제 제단으로 향하지 않고, 정원 가운데에 우뚝 솟은 나무에 멈춰 있었다.

'저 나무……'

내겐 정말 사연이 많은 나무인데.

이 나무가 아직도 정원에 있을 줄은 솔직히 몰랐다.

바로 이 나무 밑에서 난 스승님에게 수업을 받곤 했었다.

그땐 몸이 묶이는 꼭대기라는 것이 없었으니까.

'스승님……'

나무를 보고 있자니 스승님이 그리워졌다.

그렇다면 내가 본교 2층에서 수업을 받았던 것이냐?

그건 아니다.

1층부터 6층까지 정원은 똑같은 곳에 있으며, 정원에 있는 이 나무도 똑같이 정원 중앙에 위치한다.

즉, 마치 정원이 평행 세계인 것처럼 모든 층에 똑같은 모습으로 존재한다는 뜻이다.

내가 1층에서 정원 속 이 나무의 존재를 잠시 잊고 있었던 이유도 입학한 지 얼마 되지 않은 점이 크다.

하지만 가장 큰 이유는.

본교가 내가 알고 있던 모습을 잃고 새로운 방식으로 운영되는 탓에, 그 변화된 환경에 적응하느라 바빴기 때문일 것이다.

뭐, 이런저런 이유를 보니 나 자신에게 링킹을 사용했다고 설명하는 편이 조금 더 편할 것 같긴 하다.

게다가 1층에 있었던 기간은 고작 3일.

그마저도 3일을 꽉 채운 게 아닌, 3일 차가 되던 날에 온 것이니 확인할 수 없었던 상황이었다.

정원에 있는 나무.

스승님이 살아 계셨을 당시, 학생과 교사, 교수진은 이 나무를 '영롱의 나무' 혹은 '무지개 나무'라고 불렀다.

여러 가지 빛깔이 한데 어우러져 눈부시게 찬란하다는 뜻이다.

이 나무가 정말 그런 모습이'었'다.

이 나무를 만든 사람이 바로 나의 스승님.

플레우드인 스승님의 영향을 받아, 특히 나뭇잎은 각 원소들의 고유색을 전부 띠었다.

검정, 하양, 빨강, 하늘, 회색, 갈색.

이 여섯 가지 색이 그러데이션으로 잔잔하게 흐르는 시냇물처럼 나뭇잎 색이 흐르듯 변하며 눈에 즐거움을 주던 그런 나무다.

하지만 거듭 강조한 것처럼, 그런 나무'였'다.

지금의 나무는……

완전히 시들어 바짝 말랐으며, 영롱한 나뭇잎은 고사하고 피골상접한 망자가 땅에서 기어 나오는 것처럼 흉측한 나뭇가지를 뻗은 채 정원에 있을 뿐이었다.

영롱함은 이미 오래전에 사라진 듯했다.

아마 시기적으로 직감하자면 내가 마법 사회에서 사라진 시기와 비슷하겠지.

'타일런트…… 이게 그렇게도 마음에 안 들었냐?'

범인은 쉽게 찾을 수 있었다.

왜냐, 스승님이 돌아가신 뒤에도 나무는 영롱함을 잃지 않았으니까.

내가 대마법사로 지내던 시절에도 제자들에게 나무의 상태를 묻곤 했다.

내가 꼭대기에서 사일러드를 가둔 철문은 지킨다면, 내 제자들은 학생들이 있는 장소에서 이 나무의 영롱함을 지킨다고 할 수 있었다.

나와 제자들에겐 제법 사연 깊은 나무인데 이제 그 영롱한 자태를 잃고 흉측하게 변했으니, 범인을 유추하는 건 어렵지도 않은 문제였다.

타일런트는 나를 죽이고, 나무까지 해쳤다.

나무를 해쳤을 이유는 분명 이런 의도였겠지.

내 스승님을 향한 공격.

이미 세상을 떠나셨기에 타일런트는 이런 식으로나마 내 스승님까지 넘어서려고 했던 것 같다.

'유치한 놈⋯⋯.'

타일런트를 향해 괘씸한 마음을 삼켰을 때, 이미 제단을 닫은 주인공은 정해졌다.

바로 클레어와 케이였다.

그리고 난 어떤 제단을 차지할지 정했다.

'여기가 좋겠어.'

클레어와 케이에게 제단을 빼앗긴 학생들은 아쉬움을 뒤로한 채 하나둘씩 정원을 나서기 시작했다.

그러면서 정원 입구에 있는 날 보고 경계의 눈초리를 보였다.

인상착의만 보고 학생들도 금방 안 것이다.

'저놈, 더블 캐스터구나.'

그들의 눈빛엔 단순 경계심뿐만 아니라 신기함도 조금이 나마 서렸다.

살면서 처음 보는 더블 캐스터의 인상착의에 오묘함을 느끼는 듯했다.

하지만 난 그런 학생들에게 시선도 주지 않고 그저 묵묵히 정원에 있는 나무만을 바라봤다.

그렇게 제단 경쟁의 승자인 클레어와 케이까지 정원을 나선 순간이었다.

둘은 이미 나를 강당에서 본 적 있지만, 그래도 상당히 까다로운 상대라고 여기는 것만큼은 눈에 훤히 보였다.

특히 물 원소사 클레어는 나를 노골적으로 노려보고 휙 지나쳤다.

물론, 나는 그런 클레어에게 시선조차도 주지 않았다.

그렇게 텅 빈 정원.

나무 주위에 있는 활동이 멈춘 네 개의 제단.

제단은 외면하고, 나무 앞으로 다가갔다.

바싹 마른 나무 기둥 표면에 손을 대고 나무의 생기를 한번 느껴 보려 했지만…….

역시나 돌아오는 것은 아무것도 없었다.

이 나무는 예전의 그 영롱한 자태를 이미 잃은 지 오래다.

"영롱의 나무…… 지금 모습을 보니, 허무맹랑한 이름으로 느껴지네. 꼭 설화(說話)처럼."

기록이 아닌, 입에서 입으로 전해지는 이야기.

그렇기에 그런 설화를 들으면 대부분의 사람들은 '우와.'라는 반응보단 '그게 말이 돼?'라는 반응을 더 내보인다.

당연한 결과다.

애초에 기록을 기반으로 전해지는 이야기가 아닌 입에서 입으로, 기록이라는 실체가 없이 전해지는 이야기이기 때문에 살이 본래 이야기보다 과하게 붙는 경우가 많아서다.

지금 2층에 있는 학생 하나를 붙잡고 이 나무가 예전엔 그런 나무였다고 말하면 분명 학생들의 반응도 똑같을 것이다.

'지금 말이나 되는 소리를 해라.'라고.

나는 나무를 중심으로 동서남북 방향에 놓인 제단을 훑었다.

2급 한 개, 3급 두 개, 4급 한 개.

방금 봤을 때 이례적으로 이 네 개의 제단이 전부 활동을 시작했다.

그렇다면 이곳에 둠 리포졸을 설치할 경우, 다시 또 네 개의 제단이 전부 활동을 시작한다면 한 번에 얻을 수 있는 포인트는 총 12.

세 번만 버티면 바로 3층으로 향할 수 있다.

'일단 여기에서부터 시작이다.'

난 고민하지 않고 바로 둠 리포졸을 설치하기 시작했다.

단, 1층의 둠 리포졸과는 다르다.

바로 나무와 둠 리포졸 사이에 한 가지 마법을 추가했다.

브릴리언스(Brilliance)라는 마법이다.

6서클 수준의 마법으로 공격형이 아닌 유틸형 마법이다.

마법은 본래 마법사와 마법사 사이를 연결한다.

효과는 서로 연결된 상태로 둘 중 한 명이 어떠한 마법을 사용할 때, 그 마법을 공유하는 것이다.

이렇게만 본다면 플레우드의 링킹과 상당히 비슷한 것이라고 생각하겠지만, 아예 본질적으로 다르다.

링킹이 바로 이 브릴리언스의 최상위 호환 마법.

그러나 이 마법의 치명적인 단점은 서로 연결된 마법사가 같은 원소사여야 한다는 것.

그리고 둘이 서클이 비슷해야 한다.

이를테면 8서클과 6서클이 서로 연결한 상태에서 8서클 마법사가 자신의 수준인 8서클 마법을 구현하면, 그 순간 6서클 마법사는 그대로 감당할 수 없게 되기에 번아웃이 온다.

링킹의 경우 모자란 마나가 있다면 일시적으로 주입해서 마력을 증폭시킬 수 있지만, 브릴리언스는 아예 그런 게 없다는 것이다.

극단적인 양날의 검인 마법이다.

그렇기에 서로 합이 잘 맞는 마법사들끼리 사용한다면 공격과 수비가 동시에 되는 철옹성이 될 수 있지만, 반대의 경우 오히려 아군이 나를 노리는 암살자가 되는 양면성 짙은 마법이다.

난 브릴리언스를 둠 리포졸과 영롱의 나무에 연결했다.

본래 사람과 사람만을 연결하는 마법이지만, 조금만 변형

하면 이렇게 물체와 동식물에도 연결할 수도 있다.

　당연히 이번에도 사용한 원소는 불, 어둠 둘 다가 아닌 순도 100% 불 원소.

　불과 어둠의 더블 캐스터지만, 타일런트의 소굴에 들어온 이상 어둠 원소를 사용하는 건 어딘가 꺼려진다.

　그렇기에 플레우드라는 정체를 아직도 숨겨야 했으니 불 원소만 고집한 것이다.

　'이걸 보고 클레어가 흥미를 가질 수도 있겠군.'

　1층에서 만났던 물과 어둠의 더블 캐스터 테슬라.

　상성 원소 마법을 보고 짙은 흥미를 가져 나의 단점을 방해하기도 했다.

　테슬라는 더블 캐스터이지만, 클레어와 비교하자면…….

　클레어보다 한 수쯤은 아래라고 생각해야 할 것이다.

　왜냐, 결정적으로 테슬라는 빙결 마법을 사용하지 못하니까.

　반면에 클레어는 빙결 마법을 자유롭게 썼다.

　'골치 아프겠군.'

　그래도 상관없다.

　제단의 활동 빈도만 높아진다면, 버티는 건 그리 어렵지 않다고 판단했기 때문이다.

　그리고 시범적으로 둠 리포즐을 한번 작동시켜 봤다.

　화르륵!

마나를 주입하자, 둠 리포졸이 활발하게 타오르며 우람한 몸체를 뽐냈다.

그와 동시에.

타다다닥-!

망자가 애처롭게 기어오르는 것처럼 보이는 나뭇가지에 불이 붙어, 활기를 되찾았다.

나무에 불이 붙은 것만 보면 내가 나무를 태우는 것 같겠지만, 전혀 그렇지 않다.

오죽 나무가 앙상히 보이면, 둠 리포졸의 불길을 받은 지금 나무는 활기를 되찾은 것처럼 보였다.

'이 정도면 충분하겠군.'

난 그렇게 둠 리포졸의 시범 운용을 관두고 정원을 떠났다.

이제 제단이 다시 열리면 아마 저곳이 격전지가 될 것이 분명하다.

그때까지 나는 그저 제단이 활동하기를 기다리면 된다.

꼭대기에 있는 타일런트는 다시 이상 현상 하나를 관찰했다.

바로 제단의 활동 범위다.

1층, 2층에만 집중적으로 활동하던 제단이 이젠 도리어 2층에서의 활동을 멈추고 1층에만 집중된 것이다.

　그로 인해 1층은 그야말로 혼돈의 도가니였다.

　혼돈의 도가니라고 표현한 것은 학생들이 서로 치열하게 경쟁하기는커녕 경쟁자의 비율이 완전히 무너졌기 때문이다.

　벌써 1층에 새로운 졸업자가 탄생했다.

　바로 1층에 남은 더블 캐스터, 쿠로와 테슬라가 방금 막 졸업 조건 포인트를 달성한 것이다.

　눈여겨보던 아르텔이 2층으로 향하고 몇 시간 지나지 않아 새로운 졸업생이 탄생한 것이다.

　'전부 빨리 올라오면 내겐 더할 나위 없이 좋은 녀석들인데……'

　하지만 타일런트는 마냥 기뻐할 수 없었다.

　그러고는 그 불안감에 다시금 철문을 쳐다봤다.

　'왜 이렇게 께름칙하지? 도대체 뭐야? 내가 꼭대기에 있는 동안 단 한 번도 이런 적 없었잖아?'

　그는 인생에 있어서 가장 큰 난제에 부딪혔다.

　평소 분석하고, 해답을 찾는 것에 능했던 그조차도 지금 이 문제는 해답은 고사하고 공식조차도 분석할 자신이 없었다.

　'왜지……?'

그렇게 몇 시간 뒤.

타일런트는 정말인지 머리를 쥐어뜯고 싶은 상황에 놓였다.

제단 활동이 집중되었던 1층은 언제 그랬냐는 듯이 제단들이 일제히 쥐 죽은 듯 조용해졌고, 이젠 도리어 2층에 집중된 모습을 보이고 있었다.

그리고 봉인석의 검은색 비율은 8.2할.

고작 0.1 오른 게 아니다.

타일런트가 300년 넘게 꼭대기에 있으면서, 평균 150년에 1할 속도로 차오르던 저 검은색이 지금은 단 며칠 만에 0.1이나 흡수된 것이다.

그만큼 사일러드가 가진 힘을 흡수하는 속도가 스스로도 제어할 수 없을 정도로 가속도가 붙었다고 봐야 했다.

"문지기."

"예, 보름달이시여."

"성배 제조는 얼마나 진행됐지?"

"앞으로 일주일이면 완성될 겁니다."

"일주일이라⋯⋯."

타일런트는 우선, 당장 눈앞에 놓인 자신의 목적을 택하기로 했다.

갑자기 사일러드가 왜 이런 활동을 벌이는지, 아무리 머리를 쥐어짜도 마른오징어만도 못하다.

마른오징어는 일말의 물이라도 나오지만, 지금의 그는 그 정도도 생각해 낼 수 없다는 것을 잘 안 것이다.

불필요하게 해답을 위한 풀이도 모르는 문제에 목을 매다 느니, 미리 계획한 일이 차질이 생기지 않도록만 하자는 생각이었다.

"완성하자마자 당장 나에게 가지고 오도록. 어떠한 방해는 없지?"

"네. 밑의 세계의 동태를 살피는데 조각사가 갑자기 조용해졌더군요. 아예 코빼기도 보이지 않는 상황입니다."

조용했던 사일러드는 갑자기 미쳐 날뛰고, 정작 최근까지 미쳐 날뛰었던 에타르의 조각사는 이전의 사일러드처럼 조용해졌다.

이 모순된 상황 속에 타일런트의 심기는 계속 불편하게만 변해 갔다.

"그래도 이번만큼은 정신 바짝 차리고 진행하도록. 마지막 성배이자 진정한 보름달이 되는 계단이니까."

"명심하겠습니다, 보름달이시여."

그리고 타일런트는 모브를 통해 라믹 리비아와 미르네 카비르와 연결했다.

―또 왜?

모브에서 흘러나온 목소리는 귀찮음으로 가득한 라믹 리비아였다.

"라믹 리비아, 현재 모든 분교는 방학 중이지?"

－새삼스럽게 갑자기 왜 물어? 아 참. 본교는 방학을 폐지했다고 했지? 에타르의 수족이 본교로 갔다고 했으니까.

"그래서 특단의 조치를 내리려고 한다."

－네 입에서 나오는 특단의 조치. 난 이상하게 그 단어가 왜 그렇게도 마음에 안 들까?

이번에 불만을 표출한 사람은 미르네 카비르.

바람 원소사답게 목소리가 칼바람같이 날카롭게 다가왔다.

카비르는 이어서 물었다.

－뭐, 설마 이번엔 에드 가문의 꼬맹이들을 추적해서 확실히 처리해라, 이런 건 아니지? 그런 귀찮은 거까지 우리에게 떠넘기지 말라고. 친위대가 괜히 있나?

카비르는 유독 말투가 사나웠다.

멀쩡한 친위대를 놔두고 분교장이자 한 원소의 대표 가문 가주를 허드렛일이나 시키는 말단 부하로 여기지 말라는 경고이기도 했다.

"그런 거 아니다."

타일런트도 귀찮은 말싸움을 지속하고 싶지 않은 마음에 딱 잘라 답했다.

－그럼 뭔데?

"오늘부로 모든 분교를 폐교한다."

-……응?

-어디 아프니? 아니면 꼭대기에서 잠을 제대로 못 자는 생활을 지속하다 보니까 머리가 이상해진 건가?

잠자코 듣고 있던 라믹 리비아까지 끼어들면서 물었다.

당연, 두 분교장은 이 지시를 납득할 수 없었다.

아무리 평소에 분교장으로서 활동하는 것도 귀찮아했지만, 이건 근본적으로 다른 문제였기 때문이다.

하지만 타일런트 입장에선 이제 분교가 필요 없어졌다.

왜냐, 파이로 확정 지을 수 있는 아르텔.

그리고 남은 세 명의 더블 캐스터.

게다가 시기 좋게 자주 열리는 제단.

그 셋이 꼭대기로 오는 날이 머지않았기에 굳이 분교를 계속 운영할 필요가 아예 없어진 것이다.

그리고 궁극적인 목표인, 귀찮은 적들을 자신의 울타리 안으로 유인해 일망타진할 계획을 그 짧은 시간 안에 그렸다.

"그게 내 명령이다."

-자, 잠깐! 아니, 이렇게 갑작스럽게 결정하면 어떻게 정리해? 지금 안 그래도 방학 중인데!

-그래, 리비아 말대로다, 타일런트. 절차라는 것을 시행하기 위해선 일말의 시간이 필요한 법이라고! 네가 만들어 놓고 느닷없이 폐교하라는 게 대체 무슨 상황이야!

"내가 만들었으니 폐교도 내 마음 아닌가? 너희는 폐교한

후에 본교로 합류해라."

　─흐음, 그래? 기적의 논리네. 그럼 우리도 군말 없이 따를 테니까 내 부탁 하나 정돈 들어줄 수 있겠지?

　리비아가 말했다.

　"뭐지?"

　─후후훗.

　리비아는 본론을 꺼내기 전, 비음으로 가득한 웃음소리를 흘렸다.

눈에 훤히 보이는 수

에드 에타르, 라무스 트레샤 그리고 루스 알프릭.

세 분교장은 라무스 분교 교장실에 모였다.

그들이 앉은 테이블엔 모브가 형상화되어 있었고, 하나의
메시지를 세 분교장에게 보여 주는 중이었다.

─오늘부로 모든 분교는 폐교한다.

느닷없이 날아온 폐교 통지.

아니, 솔직한 심정으로 반가운 통지기도 했다.

적어도 여기까지 읽었을 때까지만 하더라도.

그 뒤에 이어지는 문장은 여간 불편한 지시가 아니었다.

─폐교 후, 각 분교장들은 본교로 합류해 6층을 제외한 각 층의 교수를 맡는다. 기한은 내일 오전까지. 각 분교장들은 정해진 시간에 본교에 도착해야 한다.

정말인지 수를 읽어 볼 가치도 없을 정도로 뻔히 보였다.

이는 모든 분교장을 본교로 묶어 놓기 위한 조치였던 것이다.

"타일런트가 왜 갑자기 이런 조치를 내렸을까? 그리고 우리더러 본교의 각 층의 교수가 되어라? 이게 무슨 경우지? 시기적으로 너무 뜬금없는 지시인데."

트레샤가 심각한 표정으로 시선은 모브에 고정한 채로 중얼거리듯 물었다.

"타일런트 그놈은 늘 철저한 계획 아래에 움직이지. 이런데 이번엔 그런 철저함이 느껴지지가 않네. 이 지시가 품은 뜻을 헤아리자면……."

이젠 알프릭이 분석가의 목소리를 내면서 머리를 굴렸다.

알프릭은 자신의 반대 성향인 어둠 원소사를 극도로 혐오한다.

보통 사람이 혐오하면 무관심하기 마련이지만, 알프릭은 달랐다.

혐오하는 상대가 있으면 오히려 상대를 더욱 세밀히 주시하고, 관찰하며 약점을 파악하려 한다.

그래야만 혐오하는 상대에게 치명상을 입힐 수 있으니까.

말 그대로 지피지기 전법이다.

그렇기에 적어도 타일런트라는 어둠 원소사는 자신이 제일 잘 아는 적이라는 자부심을 가졌다.

홀로 묵묵히 화살을 맞으며 싸운 에타르보다도 자신이 더 잘 알 거라는 약간의 기만도 섞였다.

그렇게 알프릭이 혼자 머리를 굴리며 얻은 분석의 결과를 두 분교장에게 내놓으려 할 때, 에타르가 먼저 입을 열었다.

"우리를 한곳에 모아 놓고 일망타진하겠다, 이거지. 타일런트답지 않아. 왜 이런 조급한 선택을 했을까? 최근 들어서 본교 졸업 조건 포인트도 하향 조정하더니."

"……."

알프릭은 그런 에타르를 멋쩍은 시선으로 바라봤다.

반면에 트레샤는 갸우뚱하며 불편한 표정을 지었다.

"본교 졸업 조건을…… 하향 조정했다고?"

트레샤도 처음 듣는 소리였다.

알프릭도 마찬가지였지만, 굳이 묻지 않고 묵묵히 듣기만 했다.

"응. 새벽에 아르키스 님한테 연락이 왔어."

"아니! 그걸 왜 너만 알고 있는 건데! 우리도 알려 줘야지!"

"나도 갑작스러운 상황이라 그래. 미안하게 됐다. 아무튼,

이제 설명하면 되겠나?"

에타르가 오히려 침착하게 사과를 담은 답변을 하자, 오히려 트레샤가 무안한 표정으로 바뀌며 고개를 끄덕였다.

"본래 본교에서 다음 층으로 넘어가기 위한 조건 포인트는 50. 그걸 30으로 내렸다고 하더군. 그리고 거기에서 끝이 아니야. 하루에 제단이 몇 번이고 열린다고 하셨어. 그래서 지금은 2층에 계시고."

"벌써 2층……?"

"본교 입학 3일 만에 이뤄 낸 쾌거지. 아니, 상황이 이런 상황인지라 쾌거라는 말은 어쩐지 알맞지 않은 것 같기도 하네."

"아르키스 님이니까 그건 그렇다고 치는데. 제단이 그만큼 자주 열린다는 뜻은……."

트레샤는 이제 다른 부분에 집중했다.

"사일러드의 활동 빈도가 과거에 비하면 비교도 되지 않을 정도로 높아졌다는 거지."

딱!

그때, 알프릭이 손가락을 튕겼다.

"그렇군. 타일런트 녀석, 이제 슬슬 사일러드의 힘을 흡수할 수 있다고 여기는 중인 거구나? 그래서 우리를 본교로 부르려고."

하지만 에타르와 트레샤는 알프릭의 말에 신경 쓰지 않았다.

이미 뻔히 예상하고 있기에 그다지 놀랍지도 않았던 탓이 가장 컸다.

"잠깐!"

그러던 중, 알프릭이 느닷없이 테이블을 손으로 내리치고 소리치며 벌떡 일어났다.

"아르키스 님은 괜찮으시려나? 타일런트가 이렇게 극단적으로 나오는 건, 이미 아르키스 님을 재료로 정했다는 뜻이 잖아?"

"넌 아르키스 님이 그따위 놈에게 재료가 될 거라고 생각하나?"

트레샤가 무안할 정도로 핀잔을 주자, 알프릭은 입을 오므린 채로 눈동자는 천장을 향했다.

"물론, 그렇지 않지만…… 솔직히 타일런트가 아무리 단일 원소사라 하더라도 무시할 수준은 아니잖아. 지금 아르키스 님의 상태로 괜찮겠냐는 걱정이지."

전생의 아르키스 에이머와 현생의 아르키스 에이머.

많은 차이가 있다.

다른 걸 전부 제쳐 두더라도 가장 실질적이자 고질적인 문제.

지금의 아르키스 에이머는 비전력을 전생처럼 100% 수준으로 사용할 수 없다는 점이다.

하지만 타일런트는 제자 신분 당시와 비교하면 과연 어떨까?

400%? 500%? 아니…… 어쩌면 1,000% 이상?

300년이나 학생들을 재료로 삼으며 마력이 증폭된 그다.

누구는 공백의 시간 동안 측정할 수 없는 발전을 이루었는데, 반대로 그의 스승은 하찮을 정도로 퇴보한 게 분하지만 명백한 사실이었다.

"에타르, 넌 어떻게 생각해? 넌 새벽에도 아르키스 님이랑 연락했다며. 우리 중에 아르키스 님이랑 제일 가까운 게 너잖아. 네 분교에서 지내기도 하셨고."

이에 트레샤는 이제 에타르에게 물었다.

"솔직히……."

에타르는 그 단어를 시작으로 한참이나 말을 아끼다가 어렵게 이었다.

"나도 걱정돼. 아르키스 님께서도 그 부분을 걱정하셨거든."

"……아르키스 님도 걱정하신 부분이라니까 나도 불안해지잖아."

"그래서 오히려 우리가 본교로 가는 게 더 낫지 않을까 싶어."

그리고 에타르는 한 가지를 제안하듯 말했다.

"무슨 뜻이지?"

"여기 보면 분교장은 각 층의 교수가 될 거라고 했잖아. 아르키스 님이 계신 곳은 현재 2층. 우리 셋 중 누군가는 아르키스 님과 같은 층에 있다는 소리가 아니야?"

"네 분교에서 온 걸 아는데 우리를 붙이겠어? 그건 너무 이기적인 희망 사항 같은데."

이젠 알프릭의 핀잔이다.

"아니야. 단순한 희망 사항이 아닌, 제법 가능성 있는 추측이지."

그러나 에타르는 어떤 확고한 신념을 가진 듯한 표정으로 반박했다.

그 기세에 눌린 알프릭은 조금은 기는 목소리로 물었다.

"……뭔데?"

"생각해 봐. 꼭대기로 향하기 직전에 머무는 곳은 6층. 즉, 층이 높을수록 중요하지. 그건 우리가 운영했던 분교도 똑같잖아?"

침착한 에타르의 설명에 알프릭은 고개를 자동적으로 끄덕였다.

"중요한 층에 우리를 배치하겠어?"

이번엔 고민도 없이 고개를 저었다.

"따라서 우리가 배치될 층은 1, 2, 3층이 확정이라고 볼 수 있지. 보면 6층을 제외하고 각 층에 배치하겠다고 했잖아. 우리 셋 말고 믿을 만한 마법사가 둘이나 더 있는데 중요한 층에 배치를 하겠냐고."

에타르의 말도 일리가 있지만, 적어도 알프릭은 아직도 의문점을 버릴 수 없었다.

"타일런트도 생각이 있는 놈인데 우리를 아르키스 님과 붙이겠어? 놈에게 있어선 불안 요소인데."

"넌 왜 자꾸 이상한 소리를 하는 거야?"

트레샤가 듣던 중 일침을 날렸다.

"뭘?"

"타일런트는 결정적으로 아르텔이라는 학생이 아르키스 님인 걸 아직 모르잖아. 따라서 에타르의 말이 맞지."

"……."

아르텔의 정체를 알고 있어서였을까.

알프릭은 아르텔을 생각할 때, 학생 신분의 아르텔이 아닌 스승 아르키스 에이머로만 생각하게 됐다.

본래 그에게는 두 개의 신분이 있었지만 300년 만에 만난 스승님을 향한 반가움이 가장 큰 이유였는지, 학생 신분이라는 것을 자신도 모르는 사이에 없앤 것이다.

"나 참, 내가 이런 꼴이 다 되다니. 그분 밑에 있었을 땐 내가 제일 똑똑했던 것 같은데."

그는 멋쩍게 볼을 긁적이며 자신의 실수를 인정했다.

예전의 알프릭과 확실히 다른 모습이다.

아르키스 에이머의 제자 시절 땐 실수를 인정하는 법을 몰랬던 그인데 긴 시간이 그런 성격까지도 변하게 만들었다.

"일단 정해진 건 정해진 거니까. 폐교 절차부터 밟자. 어차피 우리가 본교로 가도 밑의 세계엔 내 조각사가 있으니까 어떤 돌발 상황이 나와도 대처할 수 있는 방법은 많을 거야."

에타르가 상황을 주도하던 그때였다.

모브로 타일런트의 새로운 지시 사항이 날아들었다.

–한 가지 잊은 게 있다. 학생들은 전부 정리하도록. 조용하고 은밀하게.

순간, 세 분교장은 그 메시지를 보고 몸이 그대로 얼어붙었다.

"전부…… 정리하라는 뜻은……."

트레샤가 윗니로 아랫입술을 질끈 깨물며 말했다.

"죽이라는 거겠지, 분교 학생들 전원."

왜 굳이 상관도 없는 분교 학생들까지 건드리려 하는 것인지, 당연히 이해할 수 없었다.

하지만 이해하기를 포기한 그들이다.

어차피 생각의 방식이 다른 놈이며, 처음부터 이해할 수 있는 상대가 아니니 그저 받아들이고 대처를 모색하는 게 가장 현실적인 것이니까.

"잠깐 머리 좀 굴려 보자."

에타르가 행동을 멈추고 말했다.

정원에 둠 리포졸을 설치한 채로, 제단이 열리길 기다린
지 벌써 몇 시간째.

새벽에 2층으로 넘어왔다.

그 직후 강당에 있는 제단이 한 번, 그리고 정원에 있는 네
개의 제단이 일제히 열렸다.

따라서 마지막으로 열린 제단이 정원의 제단.

그 뒤로 정오가 훌쩍 넘었는데도 2층의 제단은 너무나 조
용했다.

그렇게 자주 활동하던 제단과는 너무나 상반되며, 이상하
다고 여길 현상이다.

'사일러드가 잠깐 휴식이라도 가졌나?'

제단의 원리를 아는 나는 그렇게 추측할 뿐이었다.

그리고 2층엔 한층 더 이상한 변화가 일어났다.

"야! 아르텔! 반갑다!"

복도를 걷고 있었을 때, 너무 의외의 학생이 내 앞에 나타
나며 건넨 반가운 인사다.

바로 1층에 있어야 할 라믹 분교 출신 테슬라였다.

"……?"

"뭐야, 왜 그렇게 멀뚱히 쳐다보기만 해? 사람 무안하게. 안 반가워?"

"……어."

정말 하나도 반갑지 않으니까 눈치 볼 것도 없이 있는 그 대로 답했다.

"너무하네."

"1층에서 제법 분전했나 보네? 바로 이렇게 우리를 따라오고. 너만 온 건가?"

반갑진 않지만, 방금까지 1층에 있다가 온 학생이니 필요한 것만 캐물었다.

"아니, 쿠로도 나랑 같이."

두 학생이 한 번에 2층으로 같이 왔다라…….

그렇다는 것은 1층의 상황도 2층처럼, 제단이 자주 열렸다는 것이다.

하지만 나와 다른 점이 있으니, 이 두 학생은 피조물 마법인 둠 리포졸을 사용할 줄 모른다.

게다가 우리처럼 팀이 아닌, 개인으로 움직이는 학생들이다.

즉 한 번에 하나의 제단만 처리할 수 있고, 최대로 얻을 수 있는 포인트는 5로 고정되어 있다는 것이다.

입학은 나와 같은 날에 했는데도 포인트가 모이는 속도는 몇 배는 느릴 정도로 나와 차이가 났다.

'그런데도 2층으로 넘어온 게 고작 반나절 정도의 차이라는 건…….'

1층이 2층보다 제단이 더욱 자주 열렸다는 뜻이다.

그리고 그 순간, 등줄기에서 서늘한 촉감이 느껴졌다.

'이건…….'

추운 날씨에 잔뜩 차가워진 손으로 맨살의 등을 어루만지는 것과 같은 느낌이다.

흠칫 놀라고, 소름이 조금 끼치긴 하지만 통증은 없다.

이것은 또 누군가가 내 둠 리포졸을 건드렸다는 신호다.

그리고 난 그 범인을 추측하는 게 어렵지 않았다.

'클레어인가.'

내가 2층에 오고 나서 빙결 마법을 사용하는 유일한 학생.

물 원소사가 더 있을 수 있지만, 그녀가 유일하게 빙결 마법 사용자라고 확정 지은 것도 단순하다.

그 많은 학생들의 경쟁을 뚫고 당당하게 선두로 나온 마법사니까.

'참…… 귀찮게 하네.'

1층에서도 내 둠 리포졸을 괴롭힌 마법사가 둘이나 있었는데, 2층도 예외는 없었다.

그렇다고 둠 리포졸 사용을 중단할 순 없었다.

제단을 닫고, 포인트를 얻어야만 다음 층으로 향하는 본교 환경에서 둠 리포졸만큼이나 효율이 잘 나오는 마법도 없기 때문이다.

남들은 한 번에 하나만 처리할 수 있을 때, 나는 두 개 이상을 할 수 있으니 둠 리포졸을 사용할 수 있느냐 없느냐는 유불리를 결정짓기에 아주 좋았다.

난 그렇게 등을 돌리고 정원으로 향했다.

"어디 가?"

호기심으로 가득한 테슬라는 또 내 뒤를 졸졸 쫓았다.

하지만 나는 굳이 그거까지는 신경 쓰지 않았다.

─이런, 정리하라니. 학교로 다시 모을 수도 없는 노릇인데 이러면 밑의 세계에서 처리해야 하잖아?

타일런트가 학생들을 조용하고도 은밀하게 정리하라고 한 뒤, 라믹 리비아가 답장했다.

─그건 네가 알아서 하도록. 그것까지 일일이 정해 줘야 할 정도로 멍청한 마법사는 아니잖나?

에타르, 트레샤, 알프릭은 그저 조용히 그들의 대화를 지켜보는 중이다.

엿보는 것도 아니다.

애초에 이 모브는 분교장 다섯 명과 본교의 교장 타일런트만 사용하는 모브라는 걸 그들이 까먹었을 리가 없으니까.

애초에 이 모브를 만든 것도 타일런트다.

머리 하나는 스승님이 인정할 정도로, 구역질 나게 좋은 녀석이 이런 사소한 실수를 할 리가 없었다.

–밑의 세계에서 해도 되나?

–무슨 상관이지? 어차피 이미 전에 내가 검사들과 철저히 분리시켰는데. 문제 될 게 있나?

–아 참, 그랬지. 그게 도움이 되긴 하다니. 신기하네.

–그럼 각자 맡은 바 소임을 다 하도록.

그 뒤로 대화는 이어지지 않았다.

라무스 분교 교장실에 모인 세 분교장에겐 다시 침묵의 시간이 찾아왔다.

하지만 침묵을 난잡하게 깬 이가 있었으니.

딱딱딱딱딱!

바로 손가락만 연신 테이블에 까딱거리는 에드 에타르.

눈에 초점이 사라질 정도로 생각에 잠긴 모습이다.

알프릭과 트레샤는 그런 에타르에게 아무런 말도 하지 않았다.

잠깐 머리 좀 굴려 보자고 먼저 말한 사람이 그였으니, 생각이 전부 끝날 때까지 믿고 기다려 주는 것이다.

마침내 에타르의 손가락이 멈췄다.

"아무리 봐도 이상해. 이렇게 대놓고 뻔하게 움직인 적이 없잖아. 이건 타일런트의 계획이 아니야. 우리가 알던 타일런트와는 너무 거리가 멀다고."

에타르가 내놓은 결론이다.

"나도 동감."

"나도."

알프릭과 트레샤도 이견은 없었다.

탁.

에타르는 약하게 손바닥으로 테이블을 쳤다.

확실한 무언가를 깨달았다는 듯한 행위였다.

"저건 라믹 리비아의 계획 같은데. 우리를 유인하려고."

"......."

트레샤는 무표정으로 어떠한 반응도 보이지 않았고.

"그렇게 생각한 근거는?"

알프릭은 아예 허황된 얘기는 아닌 것 같다는, 조금은 긍정적인 반응을 보였다.

"잊었어, 우리가 리비아에게 무슨 짓을 했는지?"

"정확히 말하면 우리가 아니라 너 혼자지."

뜬금없이 만찬이라도 즐기자며 라믹 가문으로 향한 에드

가 리비아의 눈을 똑바로 마주 보며 딱딱하게 타 버린 스테이크를 씹었던 그 일을 말하는 중이다.

그때 트레샤와 알프릭은 가만히 있었고, 전부 에타르가 주도적으로 행했다.

"그래, 나 혼자지. 어쨌든 리비아가 그때 내가 기대하던 대로 상심이 꽤 컸던 것 같군. 이렇게 대놓고 오라고 초대장을 다 보내고 말이야."

"초대장이라니……? 이 대화의 어느 부분에서 그렇게 느낀 건데?"

알프릭이 묻자 에타르는 검지로 모브 한 부분을 가리켰다.

바로 리비아가 보낸 메시지, '밑의 세계에서 해도 되나?' 부분이다.

"우리가 뻔히 보고 있는 걸 알면서도 이런 대화를 나눈 적이 있나? 지난 시간 동안 말이야."

"없었지."

"리비아는 '난 학생들을 죽일 거다. 에타르 넌 학생들을 살리는 일을 여태껏 해 왔으니까 날 막을 거지?'라는 메시지로 느껴지는데?"

에타르의 해석에 둘은 저도 모르게 고개를 끄덕였다.

정황상 그것 말곤 달리 설명할 수 있는 게 확실히 없었다.

"자, 방학 기간인 지금 학생들을 의심 없이 밑의 세계에서 한곳에 모을 수 있는 적합한 장소는?"

"……학교로 향하는 웨이 포인트."

"그렇지. 즉, 우리더러 웨이 포인트로 오라는 게 아니겠어? 아, 우리가 아닌가? 나만인가?"

트레샤와 알프릭도 생각에 잠겼다.

평소엔 모든 것을 조용하고도 은밀하게 처리한 그들이 너무 속이 뻔하게 보이는 수를 두고 있다는 뜻은…….

그만큼 자신감이 있다는 것이다.

혹시라도 못 알아먹을까 일부러 속 보이게 전했다고 보는 게 맞았다.

리비아는 전투일지, 일방적인 학살일지는 모르나.

어떤 상황이 닥쳐와도 거뜬하게 이겨 낼 수 있는 자신감이 넘치는 중인 것은 확실하다.

"일단, 너희는 분교 폐교 절차나 밟아. 난……."

에타르는 잠시 말을 멈추고 알프릭, 트레샤와 눈을 번갈아 가며 맞췄다.

"밑의 세계로 가야겠네."

"우리랑 같이 가지, 왜?"

걱정된 트레샤가 물었다.

그렇지 않아도 제자 시절부터 에타르는 늘 리비아에 뒤처졌다.

사실, 아르키스 에이머의 다섯 제자 중에 제일 약하다는 평가를 받는 에타르다.

그것은 공교롭게도 300년이 지난 지금도 크게 다르지 않을 거라는 생각 때문이었다.

　　"아니, 리비아는 어차피 나한테 볼일이 있는 것 같잖아. 저렇게 대놓고 나서서 말하는 거 보니까. 그리고 무슨 우연의 일치인지 모르지만, 리비아와 나, 서로의 자식들도 쌓인 게 조금은 있고."

　　에타르의 자식 임펠.

　　그리고 리비아의 장남 데이먼.

　　둘은 아직 풀지 않은 앙금이 있다.

　　그 앙금을 지금 이 사건을 통해서 풀고 싶은 마음은 없지만, 잠자코 있을 생각도 없다.

　　이번에야말로 에타르는 직접 나서서 무언가를 해야겠다고 확실히 마음을 먹었다.

　　게다가 모든 분교가 방학 중인 지금, 데이먼도 분명히 리비아 옆에 나올 거라는 확신을 가졌다.

　　"……불과 물의 격돌인가."

　　트레샤의 답이다.

　　에타르가 혼자 가는 것을 이미 받아들인 목소리였다.

　　"그래도 혹시 모르니 난 근처에 있을게."

　　알프릭도 거들었다.

　　"아니야, 괜찮아. 그럼 나 먼저 가 보도록 하지."

　　에타르는 그렇게 자신의 분교로 돌아갔다.

밑의 세계로 내려가기 전에 본교를 확실히 폐교는 시켜야 했기 때문이다.

'참, 분교에 앙금이 깊은 교수가 하나 있었지. 그간 힘들었을 텐데, 한번 풀어 볼까?'

에타르가 분교로 돌아가며 한 생각이다.

❦

1층에서 케린이 내 둠 리포졸을 향해 공격했을 때와 달리 일부러 여유롭게 왔다.

단순한 이유에서였다. 둠 리포졸이 받은 충격에 비례해 반동이 시전자인 내게 전해진다.

케린의 경우에야 견디기 힘들 정도의 충격이 전해져서 그렇지, 클레어로 예상 중인 지금은 충분히 견딜 수 있어서였다.

그렇게 도착한 정원.

역시나 예상대로 클레어가 각종 빙결 마법을 쏟으며 둠 리포졸을 상대하고 있었다.

상태를 보아하니 조금 무리하면서 둠 리포졸을 상대하고 있다.

마법을 구현하는 내내, 이마에 식은땀이 흐르며 눈가가 찌푸려지고 있다.

    분명히 둠 리포졸을 이제 막 상대하기 시작했을 터인데, 정신력이 금방 고갈되어 가는 중이라는 뜻이다.

    '실력은 확실한데…… 유지력이 없는 건가?'

    클레어의 모습을 보자마자 떠오른 생각이다.

    전에 스파클에 대해서도 이렇게 평가한 적이 있었다.

    마법사가 가진 능력치를 육각형으로 나눈다면 스파클은 어느 한쪽만 비정상적으로 높은 괴이한 형태가 될 것이라고.

    지금 클레어를 보니 스파클의 모습을 보는 것 같다.

    문제는 스파클보다 위력이 없다는 것이지만.

    그리고 주위를 살폈다.

    의아한 것은 그녀의 옆에 어둠 원소사 케이가 없다는 것이다.

    '왜 혼자지?'

    내가 그 생각을 하던 찰나에.

    "빙결 마법……."

    뒤를 졸졸 쫓아오던 테슬라가 클레어의 마법을 보고 눈빛이 바뀌었다.

    테슬라와 오래 붙어 있었던 것은 아니지만, 난 적어도 저 눈빛의 의미를 안다.

    1층에서 내 둠 리포졸을 상대했을 때와 똑같은 눈빛이었다.

    아무래도 자신은 빙결 마법을 사용하지 못하는데, 클레어가 사용하는 걸 보고 흥미를 가지는 듯했다.

아니면 조금 자존심이 상했을지도 모르는 문제다.

고작 1층 차이인데 물 원소 마법의 종착점이라 불리는 빙결 마법을 사용하는 학생을 만났으니까.

그런데 자신은 명색이 더블 캐스터.

단일 원소사에 비하면 원소를 두 개나 다루기 때문에 마나양도 단일 원소사보다 훨씬 많다.

그런 자신이 고작 1층 차이인 학생에게 뒤처졌다고 생각이라도 하는 모양이다.

클레어가 이번엔 제법 강한 마법을 시전하기 시작했다.

휘이이이잉-!

거칠게 불어오는 바람.

그렇다고 클레어가 바람 원소를 사용하는 게 아니다.

이 현상은 빙결 마법 중에서도 상당히 낮은 마법인데도 인기가 많은 마법이 가진 효과다.

"블리자드(Blizzard)……."

눈보라 마법.

하지만 클레어의 블리자드는 반쪽짜리다.

블리자드는 본디 극심한 추위와 강한 눈보라를 이용해 공격하는 마법.

지금은 추위가 없다. 그저 강한 눈보라만 있을 뿐이다.

그런데도 표정이 좋지 않은 걸 보니, 아마도 클레어가 시전할 수 있는 최고 수준의 마법이 바로 저 블리자드인 것 같았다.

'반쪽짜리 블리자드로 저렇게 힘들어한다라…….'

확실하다.

블리자드도 둠 리포졸과 똑같은 지속 마법이다.

따라서 클레어는 폭발력은 2층 학생 중 상위권이겠지만, 그 항목을 유지력으로 바꾼다면 상위권에서 이름이 사라질 수도 있는 학생이다.

블리자드라는 강력한 마법이 다가온 것을 인지한 둠 리포졸.

2층의 둠 리포졸은 1층 때와 다르다.

바로 영롱의 나무와 브릴리언스로 연결해 놨기에 앙상한 나뭇가지를 둠 리포졸의 활발한 화염이 대신하고 있으니까.

둠 리포졸도 방어하기 위해 더욱 강한 화염을 방출했다.

그러자 나뭇가지에서 불타는 화염이 실타래처럼 얇고 길게 뻗었다.

여러 갈래로 뻗는 화염의 실타래는 이내 정원의 하늘 전체를 뒤덮었다.

그러고는 각기 다른 방향으로 빠르게 회전하기 시작했다.

이건 내가 조종하는 게 아니다.

둠 리포졸은 생명체는 아니지만, 스스로 상황을 판단하고 대처할 수 있는 기능을 갖추고 있다.

자신을 향해 다가오는 마력의 척도를 감지할 수 있고, 해당 마법을 상쇄시키기 위해 어떤 마법을 구현해야 하는지.

내가 주입한 마나에 한해서 스스로 움직이는 거다.

1층 때 케린에게 당하기만 한 이유는 케린의 마나가 둠 리포졸이 측정, 감당할 수 없는 마나였기에 오류가 생긴 거라고 보면 된다.

반면에 지금은 브릴리언스까지 연결되어 있고, 그걸 전적으로 활용하는 모습이다.

하늘에서 회전하는 화염 실타래.

그 모습은 마치 팔이 여러 개 달린 거대한 거인 두 명이 서로를 마주 본 상태에서 불타는 줄을 줄넘기처럼 돌리는 것만 같았다.

"……야, 아르텔, 이것도 네가 하는 중인 거야?"

테슬라가 떨리는 목소리로 물었다.

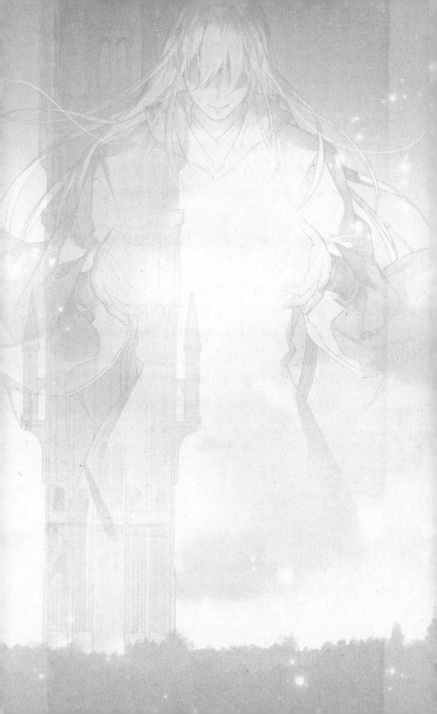

갈증 해소

난 테슬라의 물음에 답하지 않고, 팔짱만 낀 채로 클레어가 어떻게 맞설지 지켜봤다.

테슬라는 처음에 클레어가 빙결 마법을 사용하는 것을 보곤 흥미로운 눈초리였다.

그러나 지금 나를 향한 눈빛은 감탄이다.

내 둠 리포졸을 상대로 두고 있는 클레어는 잔뜩 긴장한 상태인 것과는 너무나 상반된 모습이다.

같은 물 원소사인데 누구는 조금은 겁을 먹은 표정이고, 누구는 감탄이라니.

역시 비범한 학생은 뭐가 달라도 달랐다.

난 클레어의 대응을 살폈다.

오직 블리자드만을 고집스럽게 구현하며 둠 리포졸에 생채기라도 내고 싶은 마음인 것 같았다.

쏟아지는 블리자드.

그것을 막아 내는 불줄기.

클레어의 블리자드는 둠 리포졸에 닿기도 전에 전부 소멸했다.

심지어 이제는 서늘한 촉감도 느껴지지 않는다.

둠 리포졸이 본격적으로 방어하기 시작하자 클레어가 가진 마력으로는 미미한 피해도 주지 못할 정도로 마력의 차이가 심하다는 뜻이다.

클레어는 오기가 생겼는지 볼이 조금 튀어나올 정도로 어금니를 깨물곤 블리자드를 더욱 강력하게 구현했다.

'음?'

그 순간, 클레어는 몸을 조금 휘청거렸다.

이는 무리하고 있다는 증거다.

솔직히 내 입장에선 둠 리포졸이 먼저 공격하지도 않았는데 왜 저렇게 사력을 다하는지 이해가 되지 않았다.

클레어가 이 이상 블리자드를 구현했다간 반드시 이상 증세가 올 것이기 때문이다.

"그만하지?"

결국, 보다 못한 내가 먼저 말했다.

그제야 클레어는 내가 왔다는 것을 알아차렸는지 흠칫거

리며 나를 향해 돌아봤다.

"그만하라고. 보아하니 넌 여태껏 번아웃을 경험해 본 적이 없는 것 같은데."

클레어의 행동만 봐도 알 수 있다.

그녀는 번아웃을 경험해 본 적이 없다.

보통 번아웃을 경험한 마법사들은 마법을 구현할 때 사력을 다하지 않는다.

번아웃이 얼마나 끔찍한 고통을 안겨다 주는지 잘 알기 때문에 저도 모르게 조심스러운 것이다.

그렇기에 절제력이 생겨, 수준 높은 마법을 구현할 때도 무리하지 않는 선에서만 한다.

태생부터 재능이 뛰어나고 가지고 있는 마나가 월등히 많다면 절제력이 없어도 상관없다.

그러나 그런 재능을 부여받는, 소위 선택받은 마법사들은 한 시대를 통틀어 몇 명 나오지 않는다.

클레어는 지극히 평범한 마법사 중 한 부류일 뿐이다.

클레어는 잠시 블리자드 구현을 중단했다.

그에 맞춰 둠 리포졸도 하늘로 뻗은 화염 실타래를 거뒀다.

클레어는 이마에 흐른 식은땀을 보이기 싫었는지, 황급히 손등으로 이마를 훔쳤다.

"이거, 네가 한 거니?"

"그렇다면?"

"……."

다음 질문은 날아들지 않았다.

클레어는 나와 둠 리포졸을 번갈아 가며 쳐다보다가 감정을 읽기 힘든 표정을 지었다.

난 클레어에게 충고하듯 한마디를 덧붙였다.

"너를 생각해서 그만하라고 하는 거야. 너같이 번아웃을 경험하지 않은 마법사들은 자신의 한계를 모르고 한계를 넘어 버리는 경우가 많이 생기거든. 그럼 너만 손해지."

"네가……."

그런데 클레어의 눈빛이 변했다.

"뭘 안다고 나를 가르쳐? 나보다 한참이나 어린게."

기껏 친절하게 알려 줬더니 돌아오는 대답이 저렇게 차가울 줄이야.

아니, 물 원소사의 성향을 생각하면 이것도 지극히 평범하다고 할 수 있다.

게다가 에드 분교 5클래스 때부터 나와 학생들의 나이 차이는 꽤 되었다.

밴시, 키에나, 헤이, 나.

그리고 같은 날에 본교로 입학한 테슬라와 쿠로.

아마 이 여섯 명이 본교에서 10대 나이의 학생일 것이다.

반면에 클레어는 평민 기준으로 하자면, 족히 20대 후반은 될 것 같은 모습이다.

그렇다 보니 자신보다 한참이나 어린 나에게 충고를 받는 것 자체를 달갑지 않게 받아들이는 모양이다.

하지만 상대가 저렇게 사납게 나오니, 나도 뭐라 할 말이 없어졌다.

이럴 땐 말보단 힘의 격차를 보여 주는 게 행동을 강압적으로 중지시키기 좋을 거라는 생각이 들었다.

난 그대로 둠 리포졸을 향해 성큼성큼 걸어갔다.

그리고 둠 리포졸에 손을 대고 마나를 추가로 주입시키며 클레어에게 말했다.

"너를 생각해서 그만하라고 한 건 너를 걱정해서 그런 게 아닌데, 오해를 했나 보네. 괜히 뚫지도 못할 이 마법에 힘 빼지 말고 다른 곳 알아보라는 거였는데."

"……?"

클레어는 이제 어리둥절한 반응이다.

"이 정원은 내가 접수하니까 얼씬도 하지 말라는 뜻이거든. 블리자드까지 구현했는데도 불에 먹히는 수준이면서."

"뭐……?"

클레어는 자존심에 심대한 타격이라도 받았는지 이젠 싸늘한 표정이다.

"그렇게 하고 싶으면 한 번 더 해 보든가."

난 지금 영롱의 나무와 둠 리포졸 사이에 서서 클레어와 마주 보고 있었다.

클레어는 눈으로 나와 둠 리포졸 상태를 훑더니, 다시금 블리자드를 구현하기 시작했다.

정말 이해가 되지 않는다.

왜 물 원소사들은 불만 보면 이기려고 드는 것일까?

어떻게든 끄고 싶어서 안달을 내는데…….

마치 물 원소사는 태생적으로 불만 보면 목숨을 걸고 꺼야 하는 사명이라도 받은 것같이 움직인다.

하지만 그 행동의 이유는 단 하나.

바로 불을 우습게 보기 때문이다.

불 원소가 아무리 어떤 원소를 상대로 상성상으로 우위에 설 수 없기로서니 너무 무시받는 느낌을 지울 수가 없었다.

이는 물 원소사만 그러는 것도 아니었다.

에드 분교 생활 중에도 많은 학생이 불 원소를 무시하는 경향이 너무나 심했다.

아무래도 이는 현시대에서 불 원소 대표 가문이 에드 에타르인 것이 가장 영향이 큰 것으로 보였다.

다섯 명의 제자 중에 가장 약하다고 평가받은 에드 에타르.

게다가 내가 사라지고 나서는 타일런트에 의해 핍박까지 받았으니 다른 원소사가 보기에도 한없이 약해 보였으리라.

하지만 불은 그렇게 무시받을 원소가 아니다.

예전에 스승님에게 들은 적이 있다.

불 원소는 다른 원소에 비해 잠재력이 가장 강력하고, 그 잠재력을 깨친다면 상성 따위는 일순간에 무시할 수 있을 정도라고.

즉, 그 순간만큼은 무상성의 원소가 된다.

심지어 플레우드와 불 원소의 상성까지도 무시할 수 있을 정도의 잠재력을 가지고 있다고 하셨다.

단, 불 원소가 그토록 강한 것은 그 잠재력을 깨쳤을 때만 해당되며 그렇지 않은 경우엔 가장 약한 건 사실이다.

심지어 플레우드인 나도 불 원소의 잠재력은 깨치지 못했다.

이는 스승님이 알려 주신 것인데, 불 원소의 잠재력을 깨칠 수 있는 건 오직 오직 불 원소사뿐. 그들만 다가갈 수 있는 경지라고 했다.

우리 같은 플레우드는 절대로 접근할 수 없는 그런 경지가 있다고 했다.

'하긴, 그런 불 원소의 잠재력이 어느 정도인지는 나만 알고 있는 거니까 클레어가 저런 반응을 보이는 것도 무리는 아닌가.'

그사이 클레어는 블리자드로 열심히 둠 리포졸을 때리기 시작했다.

당연히 둠 리포졸은 계속 방어하던 것처럼, 영롱의 나무와 연결된 브릴리언스를 이용해 다시 하늘을 향해 화염 실타래를 뿜었다.

가만히 지켜보길 몇 초 뒤.

클레어의 블리자드가 약해진 것이 느껴졌다.

'자, 그럼 희망 고문을 한번 해 볼까.'

난 잠시 둠 리포졸의 작동을 중지시켰다.

그러자 클레어의 표정은 딱 이렇게 말하고 있었다.

'해냈다! 드디어 뚫었다!'

난 그녀와 눈을 맞추며 고개를 절레절레 저었다.

"방금 내가 이 피조물에 손댄 거 못 봤나."

"……?"

"그거, 마나를 더 주입한 행동인데. 그럼 어떻게 되냐면…….."

그리고 둠 리포졸을 다시 작동시켰다.

"……야! 아르텔 너 그런 것도 할 줄 알았던 거야? 1층에선 안 보여 줬잖아!"

클레어는 소리도 낼 수 없을 정도로 얼굴에 놀란 기색이 역력해졌다. 반면, 테슬라는 감탄의 목소리를 냈다.

"……용암."

그렇다.

이번에 둠 리포졸의 몸을 감싼 건 화염이 아닌, 한 단계 높은 용암이다.

용암으로 무장한 둠 리포졸.

그리고 그런 둠 리포졸과 연결된 영롱의 나무.

둠 리포졸은 다시 브릴리언스를 이용해 영롱의 나무에 용암을 넣었다.

정원에 있던 앙상하고도 시든 그 나무가 돌연 화산으로 변모하는 순간이다.

이참에 확실한 힘의 차이를 보여 주고 정원은 얼씬도 못하게 하는 것이 현명하다고 판단하고 일부러 조금 오버한 거다.

1층에서처럼, 나를 거대한 적으로 생각한다면 정원은 깔끔하게 포기하고 다른 곳을 찾을 테니까.

아니면 1층과 똑같이, 나를 먼저 올려 보낼 생각도 분명히 할 것이다.

시간적인 여유는 있지만, 그래도 6층으로 먼저 올라가야 하는 몸이다.

애초에 에타르와 약속한 것도 6층에서 때를 기다리겠다고 했다.

따라서 2층도 최대한 빠르게 통과하는 것이 내 목적이다.

"불도 뚫지 못하면서 이건 어떻게 막으려고 마나를 다 썼어?"

그리고 둠 리포졸과 연결된 영롱의 나무에선 수많은 용암 구체가 클레어를 향해 발사되었다.

"이 사기적인 놈!"

테슬라가 경악 어린 목소리로 외쳤다.

강력한 공격을 퍼부은 만큼, 테슬라까지 휘말려 들게 되었다.

✼

자신의 분교로 돌아온 에드 에타르.

그는 교장실로 한 명의 교수를 호출했다.

똑똑똑.

조용하고도 차분하게 울리는 노크 소리에 에타르는 인자한 목소리로 답했다.

"들어와."

그 직후 열리는 교장실의 문도 상당히 다소곳했다.

그리고 열린 문으로 모습을 드러낸 키가 큰 젊은 여성 마법사.

찰랑거리는 푸른빛 장발에 하얀색 로브.

눈동자까지 푸른 마법사다.

"오랜만이야, 니드 교수."

바로 1클래스의 교수직을 맡고 있는 교수 중 유일한 평민이자 물 원소사 니드 교수다.

그녀는 에타르처럼 방학인데도 밑의 세계로 가지 않고 학교에 남아 있었다.

학생들의 눈에 보이지 않는 곳에서 방학을 보내는 교수였다.

조각사원이고 밑의 세계엔 적이 지천에 널렸으니, 그녀도 상황에 따른 어쩔 수 없는 선택이었다.

"제가 교수 생활을 하면서 여기 교장실을 오는 건 처음이네요, 교장 선생님?"

니드는 교장실 내부를 신기하게 쳐다봤다.

시선을 돌리던 중에 에타르와 눈이 마주치고, 황급하게 고개를 숙이며 사과했다.

"죄송합니다. 관찰할 생각은 아니었습니다."

이런 사소한 행동 하나에 에타르의 기분이 언짢을까 걱정한 것이었다.

"아니야, 마음껏 구경해. 어차피 오늘 이후로 못 보는 곳이니까."

"뭐…… 그렇겠죠. 제가 교수이자 조각사원인데도 한 번도 여기로 부르지 않으셨으니까요."

"보안을 위한 게 아니라 이 학교가 오늘 마지막이라고."

"……예?"

"타일런트 놈이 이상한 조치를 내렸어. 오늘부로 모든 분교는 폐교해."

"갑자기 왜……?"

에타르는 현재 본교에서 일어난 일들을 간략하게 설명해 주었다.

"아르텔…… 아니, 아르키스 님과 깊은 연관이 있어 보이는군요."

"아마 그럴 거야. 그래서 말인데, 이왕 폐교하는 거 자네에게 선물 하나를 줄까 생각 중인데."

"선물요? 이 시국에 어울리지 않게 너무 따뜻한 단어로 느껴지는데요."

그러면서도 니드는 내심 기대하는 눈초리였다.

"그래서 선물의 정체가 뭡니까, 교장 선생님?"

에타르는 니드를 보고 밝은 미소를 보였다.

순진무구한 어린이의 미소처럼 화사했다.

"자네, 목마르지?"

"……그게 갑자기 무슨 말씀이세요."

니드는 도통 에타르의 생각을 읽을 수가 없었다.

갑자기 해맑은 미소를 보이는 것도 그렇고 느닷없이 목이 마르냐고 묻는 게 너무 뜬금없었기 때문이다.

"잠깐 옛날 얘기 좀 할까?"

"말씀하세요."

"자네가 내 조각사에 들어온 계기를 기억하지?"

"……물론이죠. 어떻게 잊을까요?"

니드의 표정이 굳어졌다.

그녀도 밴시처럼 가슴 아픈 개인사를 가진 마법사다.

게다가 니드는 평민.

현재 조각사 소속 평민 마법사는 단둘.

아마 레지가 들어오지 않았더라면, 니드가 유일한 평민 마법사 조각사원을 유지했을 것이다.

에타르는 절대 아무나 조각사로 들이지 않는다.

실력은 둘째 치고, 서로 사상이 맞아야만 했기 때문이다.

그렇기에 평민 신분으로 조각사에 들어오는 것은, 세뇌와 조작으로 일관된 세상에서 상당히 드문 경우다.

진실을 알고 싶어 하는 극소수의 마법사라는 뜻이니까.

즉, 시대에 맞지 않게 안목이 상당히 뛰어난 마법사들이라는 뜻이다.

"그때가…… 벌써 몇 년 전이었죠?"

니드는 천장을 올려다본 채로 과거를 회상하며 물었다.

"나도 정확히 기억은 안 나네. 그리 긴 시간이 아니었을 텐데 왜 기억이 안 날까?"

"80년쯤 됐어요, 벌써."

"마법사에게 80년은 그리 긴 시간은 아니지."

"그렇죠."

"그 당시 자네는 이 학교의 5클래스 학생이었지."

"네."

"그런데 5클래스 학생이 덜컥 빙결 마법을 사용하는 바람에 드라코 가문의 눈에 들어 버렸고 말이야."

"그땐 아무것도 몰랐으니까요."

80년 전이면 포머가 교감으로도 있기 전이었다.

즉, 에타르에 대한 감시가 상당히 심한 상태에서 에드 분교에서 에타르는 교장인데도 그만한 권력이 없었다.

교수진, 교감까지.

전부 드라코 가문의 마법사로 장악되었던 시절이다.

그런 상황에 5클래스 학생이 덜컥 빙결 마법을 선보이니, 당시의 교감과 5클래스 교수는 이것을 곧장 타일런트에게 보고했다.

아르텔이라는 더블 캐스터가 탄생하기도 전의 시대다.

그렇기에 니드는 결코 놓칠 수 없는 값진 재료로 찜을 당하고 말았던 시기다.

"결국, 타일런트는 강수를 뒀지. 자네는 라믹 가문의 양녀가 될 예정이었고, 덩달아 라믹 분교로의 전학이 확정되기도 했고."

"……."

예정대로라면, 니드는 라믹 분교로 넘어가 그곳에서 졸업하고 본교로 향할 예정이었다.

당시 에타르는 분교에서 포머도 없이 홀로 드라코 가문과 맞서는 중이기에 그녀를 도와줄 수 없었다.

그렇게 니드는 방학 때 라믹 가문을 방문하게 되었고, 가주 라믹 리비아를 기다리던 중에 그들의 대화를 엿들을 수 있었다.

"좋은 재료가 될 학생입니다. 이 마법사는 현재로선 최상급의 재료죠. 보름달을 위해 사용될 귀한 인재이니 특별히 신경 써 주시지요."

당시 교감이 라믹 리비아에게 했던 말이다.

그게 정확히 무슨 뜻인지는 알 수 없었으나, 사람은 눈치란 게 있다.

'재료'.

자신을 향해 쓰는 말이다. 그때 니드는 불길함을 느끼고 본능적으로 라믹 가문에서 탈출해야 한다는 것을 깨달았다.

재능만이 아닌, 눈치도 제법 수준급이었던 학생이었다.

그렇게 아무도 모르게 조용히 탈출하고 밑의 세계를 방황하던 중 에타르도 그녀가 탈출했다는 소식을 알게 되고, 기회다 싶어 밑의 세계에 있는 바이스에게 지시를 내렸다.

"니드 학생을 데리고 와라. 그리고 그녀를 설득해 봐라."

에타르에게 있어서도 든든한 우군이 될 재목이었기 때문이다.

바이스는 니드를 찾았고, 그녀를 선술집으로 데리고 와 재료의 정체가 뭔지 니드와 같이 재능이 특출한 학생이 본교로 넘어가면 어떤 최후를 맞이하게 되는지, '에타르가 거느린 조 각사란 조직은 무슨 목적으로 움직이는지 등등 모든 것을 설 명했다.

그때 니드는 서러움과 허탈함에 3일 밤낮으로 울기만 했 던 기억이 떠올랐다.

3일 뒤.

니드는 바이스에게 한 가지를 건의했다.

바로 자신도 그 조각사원이 될 수 있느냐고.

재능 있는 학생이 죽어야만 하는 이 시대를 함께 부정할 수 있겠냐고.

바이스의 보고를 통해 에타르는 흔쾌히 수락했고, 물 원소 사인 니드는 그렇게 조각사가 되며 바이스의 밑에서 30년 정 도의 수련을 받았다.

그리고 에타르가 포머를 교장으로 불러온 그날.

니드도 1클래스 교수가 되어 여태까지 활동 중이었다.

니드를 1클래스 교수진으로 둔 것은 에타르의 강경책이 다.

그녀를 공식적으로 자신의 학교 교수로 임명하면서 타일 런트에게 이렇게 알리는 꼴이 된 것이다.

'니드의 뒤엔 나 에드 에타르가 있다. 그녀를 데려가기 위 해선 나부터 어떻게 해야 할 것이야. 그 전엔 어림도 없어.'

어차피 포머란 이름으로 위장한 자신의 아들도 교감으로

불러오는 데 성공한 에타르다.

착실히 준비되는 중이라고 판단한 그는 강경책 하나쯤은 뒤도 괜찮다고 생각하고, 오히려 니드를 대놓고 교수진으로 채용함으로써 니드의 안전을 확보했다.

왜냐, 타일런트의 간섭은 교장인 에드 에타르 본인 혼자서 방어해 내면 되는 거니까.

에타르는 그 정도는 감수할 수 있는 자신감에 내린 결정이었다.

그렇게 에타르가 교장이란 이름으로 니드의 든든한 방패가 되어 주자 그만큼 니드도 에타르를 더욱 신뢰하게 되었다.

이것이 같은 클래스에 드라코 마법사가 있는데도 니드가 여태껏 안전할 수 있었던 이유이며, 동시에 1클래스에서도 월피스가 니드에게 노골적인 불순함을 보인 이유이기도 했다.

니드가 1클래스에서 아르텔을 괴롭힌 이유도, 에타르와 동조하여 어떻게든 그를 순탄치 않게 한 것도 전부 조각사로서의 임무였다.

당시 아르텔은 500년 만에 탄생한 더블 캐스터.

그렇기에 절대 본교로 보낼 수 없었고, 어떻게든 그를 살리기 위해 에타르의 지시를 성심성의껏 따른 것이다.

1클래스에서 아르텔이 라믹 비르와 대련할 때 비르를 도운 이유도 과연 마법의 역량이 얼마나 되는지 직접 확인해 보기 위한 것이었다.

덩달아 그녀는 조각사가 되면서 에타르와 똑같이 드라코 가문을 비롯한 라믹, 미르네 가문까지도 혐오하게 되었다.

"저한텐 학창 시절의 불행한 기억이지만, 그래도 지금은 좋아요. 교장 선생님과 뜻을 함께할 수 있다는 것 자체만으로도요."

"그런데 아직 해소되지 않은 갈증이 있잖나. 1클래스에서 월피스 교사와 마찰이 있었지?"

"그랬죠."

"몇 년이나 묵은 그 갈증, 이번에 해소하는 게 어때?"

"그 말씀은……?"

니드는 놀라서 눈을 동그랗게 떴다.

"월피스 교사도 어차피 지금 이 학교에 남아 있잖나? 자네가 밑의 세계로 가지 않는다는 걸 알고 말이야."

본래 월피스는 사직했지만 아르텔이 본교로 떠나고 나서 다시 드라코 가문의 입김이 닿아 교사 복직을 허락했다.

에타르도 거절할 명분은 없기에 일단 허락했고, 때마침 역으로 이용할 수 있는 구석이 생긴 것이다.

"네."

"어디 있는지는…… 굳이 내가 찾아 주지 않아도 알 수 있지?"

"그런데 지금 전면전을 택해도 되는 겁니까?"

1클래스에서 월피스와 마찰이 있고 나서 니드는 분명 이 렇게 말했다.

'이 지루한 신경전, 언제 끝나려나 몰라.'라고.

그녀가 인생에서 가장 간절히 바라는 건, 드라코 가문과의 신경전이 아닌 확실히 승패를 짓는 전면전이었다.

그 전면전의 개전을 지금 에타르가 니드에게 일임하는 순 간이다.

"뭐, 어차피 분교도 폐교하고 우리더러 본교로 합류하라 는데 이미 시작된 거지. 나도 라믹 리비아에게 한 방 먹이려 는 참인데 자네도 함께하면 즐겁지 않을까 해서."

에타르의 제안에 니드는 화색이 돋았다.

"맡겨만…… 주십시오!"

"그래, 시작하자. 승패를 확실히 짓는 전면전. 지루한 건 이제 끝이야."

니드는 에타르를 향해 고개를 푹 숙였다.

"처리하고 나면 포머에게 연락해. 그리고 둘이 폐교 절 차를 나 대신 밟아 주게. 난 이제 밑의 세계로 가 봐야 하 거든."

"알겠습니다!"

"혹시나 노파심에서 하는 말인데……."

"절대 안 집니다. 몇 년 전에 슬쩍 간 보니까 그 정돈 거뜬

합니다."

니드는 이미 에타르가 무슨 말을 할지 알고 선수 쳤다.

표정이건 목소리건 자신감이 꽉 차다 못해 흘러넘치는 중이다.

"그래, 그럼 믿고 난 이만 가 보겠네."

"몸조심하십시오, 교장 선생님."

"어차피 이제 분교는 폐교인데 뭘. 교장 아니야. 편하게 불러."

"네, 그럼…… 오빠?"

"……그건 너무 편하잖아?"

둘은 눈을 잠시 맞췄다.

그러고는 서로 어깨를 들썩거리며 웃기 시작했다.

"하하하!"

"후후."

전면전을 앞둔 지금 긴장감에 몸이건 마음이 경직될 수 있다. 니드는 긴장을 풀기 위해 일부러 그렇게 말한 것이다.

실제로 니드의 그 작은 농담 한마디로 긴장은 씻은 듯 사라진 상태였다.

"하여간 마음에 든다니까."

에타르는 이제 벽 한쪽으로 휠체어를 끌었다.

손가락을 튕기니, 벽에서 로브가 나타났다.

아르키스 에이머가 생전에 입던 그 로브다.

"이건 그래도 챙겨 가야지."

에타르에게 있어선 보물, 유물 등등…… 그 무엇과도 비교할 수 없을 정도로 소중한 물건이다.

에타르는 그렇게 에이머의 로브를 챙겨 들고 니드와 함께 교장실을 나섰다.

"몸조심하십시오."

"너도 조심해."

그렇게 둘은 각자의 목적지로 흩어졌다.

에타르가 교장실에서 나가자마자 교장실 사방에 불이 피어올랐고, 모든 것을 태우기 시작했다.

이렇게 분교의 최상층, 일명 교장의 층이 사라졌다.

영롱의 나무가 뱉어 내는 용암 구체.

테슬라는 자신의 물 원소 마법으로 휘말려 들지 않으려고 했지만, 역부족인 걸 깨닫고 상성을 상쇄시키기 위해 어둠 원소까지 사용했다.

반면에 클레어는 아예 방어 마법도 구현하지 못하고 땅에 바짝 엎드리고만 있었다.

'저러다 정말 죽을 수도 있겠네.'

블리자드 한 번에 정말 모든 걸 다 쏟아부은 것이다.

'이건 조금 실망이야. 유일한 빙결 마법 사용자라 나름 기대를 했는데…….'

'이쯤이면 괜찮겠지.'라고 생각하고 둠 리포졸을 중단하려고 하던 그때였다.

정원에 있는 네 개의 제단이 갑자기 활동을 시작했다.

'타이밍 한번 진짜…… 구역질 나게 이상하네.'

하필이면 이때 제단이 활동하다니.

아니, 차라리 잘된 걸까?

클레어는 내가 2층을 제패했다고 추측하는 학생.

그런 학생이 현재 정원에 엎어진 상태에서 내가 제단을 닫는 것을 견제도 하지 못하고 두 눈을 부릅뜬 채로 지켜보기만 하며 무기력감을 느끼게 하는 것도 나쁘지 않다고 생각하던 순간이었다.

<u>드드드드드-!</u>

'……또 시작이군.'

학생들이 몰려오는 소리다.

1층엔 눈으로 확인하고 그 소식을 전파하는 방식이더니, 2층 학생들은 어떻게 이렇게 바로 아는지 궁금했다.

'아, 차라리 잘됐나? 모두가 보는 앞에서 위력을 보여 주는 것도 괜찮겠어.'

어차피 에타르와 상의도 끝낸 참이고, 마침 2층은 제단이 네 개나 모여 있는 곳이 있으니 수그러들 필요가 없다.

때마침 시기적절하게 학생들이 이곳으로 모여드니, 힘의 차이를 보여 주고 무기력하게 만드는 것도 빠르게 2층을 통과하는 방법이라고 생각했다.

그렇게 속속 도착한 학생 무리에서 조금 익숙한 목소리가 들렸다.

"클레어!"

그녀의 연인, 케이다.

케이는 헐레벌떡 정원으로 들어와 클레어를 부축했다.

"어떻게 된 거야……?"

"저 더블 캐스터…… 일반 학생 수준이 아니야. 처음 봐, 저런 건."

그제야 클레어는 말문이 트인 듯했다.

케이를 시작으로, 2층의 학생들이 정원 안으로 진입하려고 했다.

'그렇겐 안 되지.'

난 둠 리포졸을 다시 작동시키며 정원 입구를 차단했다.

일부러 힘의 차이를 뼛속까지 느끼라는 뜻에서 다시 용암으로 무장한 둠 리포졸이다.

입구를 차단한 방식은 용암이 땅에서 분수처럼 솟아 벽을 이루는 모양새였다.

그리고 일부러 색을 옅게 만들었다.

정원 밖에 있는 학생들이 안의 상황을 정확히 인지해야 하니까.

"……이게 뭐야?"

"이런 마법이 있었어?"

반응을 보니 2층의 학생들 중 둠 리포졸을 제대로 아는 학생이 하나도 없는 것으로 보였다.

그리고 제단에서 뱉어 낸 몬스터들을 인지하자마자 둠 리포졸은 뭉툭한 두 팔로 땅을 강하게 찍었다.

땅이 갈라지며, 갈라진 틈에서 용암이 솟아 나와 야생동물을 포획하는 덫처럼 제단의 몬스터들을 눈 깜짝할 사이에 덮치며 소멸시켰다.

[아르텔]
-포인트 : 12/30

❦

쩌저저적-!

니드는 1클래스 복도를 콧노래를 흥얼거리며 걷는 중이다.

그녀가 지나온 길인 벽, 바닥, 천장은 전부 빙판으로 가득했다.

아직 그녀의 발길이 닿지 않은 곳은 온전하지만, 그것도 잠시일 뿐이었다.

발걸음을 내뻗으면 어김없이 그 자리에도 빙판이 드리웠으니까.

지금 이 순간엔, 그녀가 얼음의 여왕이라도 된 것처럼 1클래스 복도엔 오직 겨울만이 존재할 뿐이었다.

이것은 의도적으로 1클래스 어딘가에 숨어 있을 월피스를 노골적으로 불러내는 의식과 같았다.

그리고 얼마 걷지 않았을 때, 복도 한구석에 어둠이 드리웠다.

"그만 숨고 나와, 이 새끼야. 너 보러 온 거니까."

이제 숨길 게 없다.

에타르에게 이미 허락받은 일이기도 하다.

그녀는 처음으로 드라코 가문의 마법사를 상대로 욕설을 뱉었다.

그 순간 그녀의 심정은 희열로 가득했다.

'드디어…… 내가 고대하던 일을 할 때다.'

이날을 얼마나 기다려 왔던가.

80년 전부터 날카롭게 갈아 온 그녀의 복수심.

학생을 한낱 물건 취급하며, 사리사욕을 위해 도구로 사용하는 그들을 절대 용서할 수 없었다.

그녀도 평민 신분에 인생 역전의 희망을 걸 수 있는 건 마법사로서의 서클밖에 없으니까.

그런데 드라코 가문이 건재하는 한, 평민 출신의 마법사는 아무것도 할 수 없는 시대다.

이는 철저하게 모순된 시대며 거짓된 시대.

그런데 이제 그 거짓 한 부분을 스스로 거둘 수 있는 날이 온 것이다.

"푸하하하! 아주 미쳤군, 니드 교수."

어둠 속에서 월피스의 목소리가 들려왔다.

"기억나지, 월피스? 이 복도 말이야."

몇 년 전, 둘이서 가벼운 마법의 신경전을 벌였던 복도.

그 복도가 지금 둘이 서 있는 곳이다.

이제 월피스는 어둠을 걷고, 모습을 드러냈다.

"있는 거 다 꺼내. 나도 그럴 거거든."

니드가 자신감 충만한 목소리로 말했다.

그러고는 수천 개의 물방울을 구현했다.

"또 그건가? 이래서 천민들이란……. 한번 사용한 게 통할 거라고 생각하나?"

월피스는 그녀를 같잖다는 듯이 무시했다.

그리고 수천 개의 물방울을 검은 송곳으로 간단하게 전부 소멸시켰다.

"나한테 이딴 장난은 통하지 않는다고."

하지만 니드는 보이지 않는 미소를 머금었다.

'어떻게…… 그때와 달라진 게 없니? 노력이라곤 평소에

하지도 않는 녀석이구나.'

이번 물방울은 눈속임을 위한 게 아니다.

과연 그 몇 년 사이에 월피스가 얼마나 성장했는지 가늠하기 위해 미끼를 던진 것이다.

그러나 니드의 기대와 달리 월피스는 몇 년 전과 똑같은 수준이다.

이에 니드는 확신할 수 있었다.

자신이 절대 질 수 없는 싸움이라는 것을.

하지만 니드의 속내를 모르는 월피스는 기고만장한 태도로 말했다.

"잘나신 교수가 무슨 바람이 들어서 나에게 먼저 시비를 거는 걸까? 정신이 어떻게 돼 버린 건가?"

"드라코 가문에게 발전이란 무엇이지?"

"……뭐?"

이제 월피스는 조금 당황한 기색을 보였다.

니드가 너무 아무렇지도 않은 평온한 표정을 짓고 있기에 이상한 낌새를 느낀 것이다.

"발전이라는 말이 너희 가문에겐 없는 것 같아서."

그리고 니드는 월피스를 향해 손바닥을 쫙 폈다.

"내가 조사하기로 드라코 가문이 배정된 각 클래스의 어둠 원소 담당 교사는 해당 마법사의 역량에 따라 결정된다며?"

"……."

"그 말은…… 1클래스 담당 교사인 네가 드라코 가문에서도 하찮고 보잘것없는 녀석이라는 뜻 아닌가?"

"지금…… 말 다 했나?"

"그리고 넌 내가 1클래스 교수라고 만만하게 보는 모양인데, 정말 미안하게도 내가 어디 가서 무시받을 수준은 아니거든."

그리고 그녀는 손바닥에 마법 하나를 구현했다.

"내가 개발한 마법이야. 글래셜 스파이크(Glacial Spike)라고. 꽤 쓸 만해. 볼래?"

니드의 손바닥에서 얼음 송곳 하나가 솟았다.

생긴 걸로만 보면 월피스가 구현한 검은 송곳과 똑같았다.

그러나 월피스의 송곳보다 조금 더 두꺼웠으며, 날 끝은 더욱 뾰족했다.

니드는 글래셜 스파이크를 곧장 월피스를 향해 날렸다.

월피스는 황급히 방어 마법을 시전해 방어했다.

니드의 글래셜 스파이크는 그의 방어막에 닿자마자 송곳이 깨지며 방어막 전체에 얼음을 휘감았다.

'……겉은 고체고 속은 액체?'

마치 물 풍선을 던지면, 풍선은 터지고 안에 남은 물이 표면에 묻는 것과 같은 원리로 보였다.

하지만 니드는 현재 빙결 마법을 사용 중이다.

월피스의 방어막 마법을 휘감으면서 얼기 시작했다.

겉보기에도 꽤 단단한 얼음막이다. 그와 동시에 월피스는 한기를 느꼈다.

'이상해. 내 마법인데…… 왜 먹히는 기분이지?'

월피스가 명백하게 뭔가가 잘못됐음을 확실히 인지한 순간이었다.

하지만 이미 때는 늦었다.

"그 상태로 한 번 더 맞으면 어떻게 되는지 알아?"

니드는 나머지 설명을 생략하고, 다시 글래셜 스파이크 하나를 날렸다.

월피스는 눈으로 볼 순 없지만, 분명히 느낄 수 있었다.

현재 얼음 막으로 변한 자신의 방어 마법에 니드의 마법이 꽂혔다는 것을.

"이렇게 돼."

그 말이 들린 직후, 그의 방어막은 얼음 파편으로 완전히 깨졌다.

"……."

하지만 파편은 주위로 흩날리지 않고, 공중에 둥둥 뜬 채로 월피스를 노려보고 있었다.

월피스는 그 찰나의 순간에 직감했다.

이 파편이 이제 자신을 향해 들이닥칠 것이며, 온몸을 관통할 것이라고.

다급한 월피스가 자신을 노려보는 파편들을 소멸시키기

위해 황급히 검은 송곳으로 전부 요격하려고 할 때였다.

"어떻게 돼먹은 놈이 생각한 대로 움직이니? 정말 드라코 가문의 마법사가 맞아? 너무 형편없는데?"

월피스와 달리 니드의 상태는 너무나도 여유로웠다.

그리고 월피스를 방해하기 위해 새로운 마법을 꺼냈다.

"서릿발."

니드가 주문을 외우자, 니드의 몸을 중심으로 원을 그리며 얼음 고리가 확산되었다.

얼음 고리가 닿는 모든 것은 얼었으며, 월피스의 송곳도 예외는 아니었다.

"네가 반항할수록 널 찢을 파편만 늘어날 거라고."

그사이 마침내 월피스의 송곳까지 전부 얼어붙고, 니드는 그 송곳마저도 파편으로 만들었다.

눈으로 셀 수도 없을 정도로 많은 파편들.

흡사, 밤하늘에서 아름답게 빛나는 수많은 별과 같았다.

"상대를 얕보는 습관은 네 명을 줄이는 악습이야. 다음 생엔 그 악습을 고치도록 하렴, 꼬맹이."

그리고 니드는 퍼트려 놓은 파편으로 월피스의 몸을 사정없이 찔렀다.

파편이 월피스의 몸을 관통하며 새빨간 액체가 작은 구멍에서 거침없이 흐르기 시작했다.

"내가 전에 분명히 이런 말을 했던 것 같은데. 네 몸의

60%의 빨간 물, 직접 확인해 보겠냐고."

"건방……진……."

한순간에 치명상을 입은 니드는 피를 토하며 말도 제대로
할 수 없고, 숨도 쉴 수 없는 상태에 빠졌다.

"원없이 실컷 봐, 네 몸의 빨간 수분. 첫 전면전의 희생양
이 된 것을 축하한다. 이제 핍박당하고, 억압당한 우리의 반
격의 시간이거든."

"니드 교수우우우우우!"

윌피스는 인정할 수 없는 결과에 울분을 토하듯, 마지막
활력을 쥐어짜 내 고함을 내질렀다.

푹.

하지만 그 뒤로 윌피스의 목소리는 더는 들리지 않았다.

털썩!

순식간에 네 개의 제단을 처리한 난 당당한 걸음으로 정원
을 나섰다.

물론, 둠 리포졸은 여전히 작동 중이다.

이제 학생 중 누군가가 안으로 발을 들인다면 가차 없이
공격할 것이다.

내가 정원 입구 바로 앞에 당도한 그 순간, 입구를 막고 있

던 학생들은 저도 모르게 뒷걸음질했다.

그리고 내가 나가기 쉽도록 길을 터 주었다.

'2층도 이렇게 끝이겠군.'

그래, 이왕 이렇게 된 거 에타르와 약속한 대로 최대한 빨리 6층까지 도달한다.

그리고 에타르의 준비가 끝날 때 같이 꼭대기로 향한다.

오직 그것만이 내가 이룰 일이다.

그렇게 난 기숙사로 돌아갔다.

내 기숙사에 거의 도착할 때쯤이었다.

내 옆에 있는 기숙사 문이 혼자 알아서 열리는 소리가 들려 고개를 돌렸을 때였다.

"……뭐야? 왜 나왔어?"

다름 아닌 밴시의 기숙사였다.

밴시는 주위 눈치를 보다가 안으로 들어오라는 손짓을 보였다.

뭔가 말하고 싶은 게 있는 모양인 것 같아서 일단은 안으로 들어갔다.

밑의 세계 선술집에 도착한 에타르.

그는 도착하자마자 지하실로 내려왔다.

지하실엔 리비아와 카비르에게 공격당했던 자신의 자식들.

그리고 건강하게 회복한 임펠.

레지와 하페르트까지 있었다.

하페르트의 보고는 이미 얼핏 들은 적이 있어서 딱히 놀라지 않았다.

그러나 에타르는 한 가지 고민이 있었다.

"임펠, 잠깐 이리 와 봐."

에타르는 그와 함께 지하실 구석으로 자리를 옮겼다.

"네, 가주님."

"저 학생, 어때?"

임펠이 하페르트 수련 담당이라는 것도 알고 있다.

그래서 임펠을 따로 불러 묻는 중이다.

하지만 임펠은 입을 잔뜩 오므린 채로 고개를 저었다.

"역시인가……. 이번 건은 레지가 조금 성급했던 것 같네."

"무리도 아닙니다. 우리 학교 1클래스에서 퇴학당한 학생인데 어떻게 성장을 기대하겠어요?"

"네가 봤을 때, 1년의 뒤라면 어느 정도로 성장할 것 같아?"

"……음, 측정을 제대로 할 수가 없는데요."

이것은 상당히 부정적인 답변이다.

타일런트가 가진 마력을 측정할 수 없는 것과는 완전히 반대의 말이다.

"난감하군. 그렇다고 내쫓을 수도 없고 말이야."

"일단은 지켜보죠. 다행이라고 해야 할지, 그만한 가치는 있는 것으로 보이거든요."

"뭐…… 네 말이 그렇다면."

"그런데 무슨 일로 오셨어요? 원래 밑의 세계에는 거의 오시지 않잖아요?"

"아, 애들 좀 모아. 레지랑 하페르트는 빼고. 중대 발표가 있다."

"알겠습니다."

그렇게 레지와 하페르트는 잠시 밖으로 내보내고 조각사의 핵심 멤버들이 지하실에 모였다.

에타르는 그렇게 중대 발표를 시작했다.

첫째, 오늘부로 분교는 폐교되었다.

이것은 타일런트의 지시다.

그런데 문제가 있다. 라믹 리비아가 학생들은 웨이 포인트로 모으고 한 번에 몰살하려 한다.

난 그것을 막을 것이다.

그녀가 일부러 나를 유인하는 함정인 것을 알면서도 간다.

딱 거기까지 설명했을 때였다.

"저랑 같이 가시죠."

임펠이 먼저 나서서 말했다.

"안 그래도 너는 데리고 가려고 했어, 임펠."

"리비아 가주가 직접 나서서 학생들을 처리할 생각이라면, 당연히 데이먼 그놈도 오겠죠?"

"나도 그렇게 생각해."

"그렇지 않아도 데이먼에게 얼마 전에 화끈한 인사를 건넸는데 며칠 안 돼서 또 해 주게 생겼네요."

말투에서 귀찮음은 전혀 느껴지지 않았다.

오히려 임펠은 이런 상황을 즐기고 있는 듯한 말투였다.

이제 에타르는 포머에게 말했다.

"포머, 너에겐 곧 니드 교수의 연락이 올 거야. 그럼 본교로 가서 폐교 절차를 밟아."

"알겠습니다."

"그런데 폐교 절차를 밟기 전에 네가 따로 할 일이 있어."

"……그게 뭔데요?"

"0클래스를 들렀다 가."

포머는 고개를 갸웃했다.

"0클래스에 미르네 멜 교수가 있잖나. 무슨 말인지 알지?"

"아, 저도 간만에 몸 좀 풀겠군요."

포머도 즐기는 목소리를 내었다.

미르네 멜도 0클래스에서 새싹부터 선별하여 드라코 가문에 정보를 흘린 교수.

그리고 현재 분교에 남은 유일의 타 가문 교수이기도 하다.

따라서 잘라 내야 하는 싹이다.

그것을 교감 신분인 포머에게 맡긴 것이다.

어둠과 바람의 격돌.

상성이 없는, 서로 유불리 없는 싸움이다.

"미르네 가주가 내 자식들도 건드렸는데, 아무리 생각해도 떳떳한 아버지가 되려면 경고 정도는 줘야 할 것 같아서 말이야. 물론, 그 경고의 강도가 조금 높긴 하겠지만."

"맡겨만 주시죠."

포머는 자신감 있는 표정으로 답했다.

"자, 그럼 분교는 포머가 맡고. 나머지는……."

이제 역할 분배를 하려는 참에, 스파클이 손을 번쩍 들었다.

"저도 갈래요!"

"간다니, 어딜?"

"라믹 분교의 웨이 포인트로 가신다면서요. 저도 따라 나설게요."

"저도요."

"저도 갑니다!"

스파클을 시작으로 리비아에게 공격당했던 자식들 모두가 같이 가겠다고 나섰다.

에타르는 기특하면서도 마음 한구석이 불편해졌다.

"미안하지만, 너희들은 이번 일에서 빠진다."

"아니…… 왜요?"

역시나, 제일 불만스러운 반응을 보인 건 먼저 나선 스파클이었다.

"우르르 몰려갈 필요는 없어. 대신 나일론."

"네."

"너는 바이스랑 같이 미르네 분교 웨이 포인트로 가서 학생들을 구한다. 바이스, 나일론만으로 충분하지?"

"사실 저 혼자도 가능해요. 싸워서 이기는 게 아니라 학생들의 구출이 목적이라면요. 저도 이래 봬도 플레우듭니다?"

바이스도 자신감에 충만한 모습을 보였다.

"그래도 나일론을 데려가. 최소한의 보험이니까. 그나마 현 시점에서 가장 도움이 될 수 있는 마법사가 나일론이라고 생각한다."

"저도 도움이 될 수 있어요!"

스파클이 결국, 참지 못하고 소리쳤다.

"스파클."

이에 에타르는 목소리를 낮게 깔며 스파클을 쳐다봤다.

화를 내는 게 아닌, 진정성을 전하기 위해서다.

"……네."

"아직 우리 계획은 완성되지 않았어. 그래서 전력으로 맞서는 건 무리야. 우리 계획이 완성되고, 본교에 계신 아르키스 님이 6층에 계실 때. 그때 충분히 나설 수 있으니까 조금 참는 게 어떻겠니?"

"언제까지…… 저희는 뒤에서 구경만 해야 하는데요…… 이런 날을 위해서 가문에서 늘 마법을 갈고닦은 거잖아요."

스파클의 마음도 이해 못 하는 건 아니다.

스파클은 성격이 조금 불같아 못나 보여서 그렇지, 타일런트 정권에 그처럼 분노하는 마법사인 것은 틀림없다.

하지만 지금은 때가 아니다.

조율이 안 된 악기.

지금 나일론과 임펠, 포머를 제외한 자식들이 딱 그랬다.

따라서 조금의 시간이 있는 지금 그들은 조율을 마쳐야만 실전으로 넘어갈 수 있었다.

조율만 된다면 완벽한 음을 내는 것처럼, 제대로 길만 들인다면 기대 이상의 성과를 낼 자식들인 것은 틀림없으니까.

"조급해하면 안 돼. 그럼 내가 300년 넘게 일궈 놓은 것들이 한꺼번에 무너져. 건물도 기둥이 없어지면 아무리 휘황찬란한 건물이어도 초라한 잔해로 변하잖아? 너희는 내 기둥이야. 그러니 이번 한 번만 참자. 알겠니?"

에타르는 선발로 나서지 못하는 자식들과 눈을 천천히, 차례대로 맞췄다.

스파클부터 시작이었다.

스파클은 약 3초 정도 응시하더니 서운하지만, 알겠다는 의사를 제대로 표출했다.

그녀는 고개를 끄덕였다.

그렇게 막내 에버까지.

전부 의사를 확인한 뒤에 에타르는 움직이기 시작했다.

"자, 이제 시작하자. 가자, 임펠."

"네!"

"그럼 저도 출발하겠습니다, 에타르 님."

"몸조심하고. 바이스, 그리고……."

"말씀하세요."

에타르는 바이스에게 손짓했다.

귀를 자신의 입으로 가져다 대라는 뜻이었다.

바이스가 귀를 앞으로 가져오니 남들이 듣지 못할 정도로 작은 목소리로 말했다.

"힘들겠지만…… 나일론을 잘 부탁하네."

아무리 나일론이 믿을 수 있는 수준의 자식이라고 한들, 상대는 바람 원소 대표 가문의 가주.

그렇기에 위험은 어느 곳에나 도사리고 있다.

아버지의 마음으로 어찌 위험까지 방관할 수 있을까.

그것을 부탁하는 목소리다.

"걱정 마세요."

바이스도 똑같이 다른 사람들이 듣지 못할 정도의 작은 목소리로 답했다.

그렇게 짧은 중대 발표를 마치고 각자의 목적지로 향했다.

그때 포머의 모브에 니드의 연락이 도착했다.

"음?"

모브를 확인한 포머는 스파클을 돌아보았다.

"나도 가 볼게. 여기 잘 지켜, 스파클."

나일론까지 빠진 지금, 이 장소에서 가장 연장자는 스파클.

따라서 그녀가 이곳의 임시 리더다.

밴시의 기숙사에 들어오자 밴시는 곧장 자신의 모브를 보여 줬다.

[밴시]

−포인트 : 12/30

"언제 또 이렇게 한 번에 많은 포인트를 얻었습니까?"

"뭘 새삼스럽게 물어?"

정원에 제단 네 개가 모여 있다는 것을 설명했다.

"2층이 생각 외로 쉽겠는데요?"

"나도 그렇게 생각한다. 근데 넌 내가 앞에 지나가는 걸 어떻게 알고 문을 열었어? 단순한 우연인가?"

"무슨 소립니까! 제가 1층에서 새로운 마법을 개발했다고 하지 않았습니까!"

유나이티드를 연습하면서, 감지 마법을 개발했다고 한다.

그렇다면 자신의 기숙사에 그 감지 마법을 걸어 놨다는 뜻이 된다.

"왜 기숙사에까지 걸어? 굳이 그럴 필요가 있나?"

"1층에서 고작 3일 만에 2층으로 왔습니다. 그만큼 제단이 자주 열리는 거잖아요. 유나이티드를 제대로 연습할 시간도 없었다고요. 그래서 기숙사에서 연습하다가 수상한 기운이 느껴지면 중단하는 방식을 택했죠."

한번 개발한 마법을 참 요긴하게도 써먹는다.

"근데 날 안으로 들인 이유는?"

"유나이티드 다시 한번 보여 주세요. 분교에서 봤던 기억에 의존해서 하는 중인데, 여간 어려운 게 아니네요."

하긴 다른 학생들이 바글바글한 상태에서 플레우드를 다룰 수는 없으니.

밴시답게 꽤 현명한 선택이라고 할 수 있었다.

난 밴시 앞에서 유나이티드의 시범을 보였다.

하지만 밴시는 여전히 도통 알 수 없다는 표정을 지었다.

"감이 안 오지?"

"네."

그렇게 몇 번 다시 보여 줬다.

여전히 반응은 똑같다.

사실, 무리도 아니다.

가주인 바이스도 극복하지 못했던 에밋 가문의 한계.

한계와 맞서 싸운다는 게 말이나 쉬운 얘기지, 실천할 수 있는 사람이 몇이나 될까.

솔직히 말해서 밴시에게 기대도 하지 않는다.

그건 내가 에밋 가문의 한계를 너무나 잘 알고 있다는 점이 가장 컸다.

'……1년이 다 돼서도 분명히 안 될 거야.'

그리고 나도 모르게 그런 결론을 내렸다.

'결국, 그때가 되면 꼭대기로 같이 향하는 건 무리겠지.'

반쯤은 이미 체념했다.

하지만 밴시는 포기하지 않고 내가 유나이티드를 구현하는 걸 눈에 열심히 담았다.

"음, 이 정도면 된 것 같아요. 다시 감각이 무뎌지면 한 번 더 부탁드려도 될까요?"

"물론이지."

"그럼 나가 주세요! 숙녀 기숙사에 이렇게 함부로 막 들어오면 어떡합니까!"

"……네가 들어오라고 했다?"

"아무튼! 저 이제 연습할 겁니다!"

"이게 무슨……."

밴시는 내 등을 떠밀며 기숙사 밖으로 내보냈다.

'분교에선 내 몸에 감히 손도 못 대던 녀석이.'

사람은 또 익숙함의 동물이 아닌가.

밴시는 그만큼 내가 익숙해졌다는 뜻이기도 했다.

'키에나랑 헤이는 뭐 하고 있으려나.'

문득 그런 궁금증이 들었지만, 굳이 만나러 가진 않았다.

그들이 가진 불편한 수수께끼의 존재 때문이다.

'조각이 모이는 곳…….'

에드 분교 3클래스에서 둘이 중얼거렸던 그 말.

본교에 있고 최상층에 타일런트와 사일러드가 함께 있다고 생각하니 다시금 그 말이 상기되었다.

'일단은 신경 쓰지 말자.'

지금은 6층으로 빨리 향하는 게 목표다.

포머는 에드 분교 0클래스에 도착했다.

그리고 모브를 통해 1클래스에 있는 니드에게 메시지를 보내 났다.

―니드 교수님, 전 분교에는 도착했지만, 에타르 님 지시로 인해 0클래스에 들렀다 갑니다. 조금 기다려 주세요.

본래 포머는 니드에게 반말로 대하곤 했다.
하지만 그건 여기저기 감시하는 눈이 많아서였다.
니드는 자신보다 먼저 태어난 마법사.
그리고 감시하는 눈이 사라진 지금, 존대로 대하며 그녀를 존중한다는 뜻을 전하는 것이다.

―이제 교수 아닙니다. 방금 전 학교에서 잘렸거든요.

니드의 재치 있는 답변이었다.
어차피 폐교가 확정된 지금, 니드는 교수라는 직위를 잃었다.
그것을 학교에서 잘렸다고 장난식으로 말한 것이었다.
니드의 메시지는 이어졌다.

―그러니까 교수라고 부르지 마세요. 편하게 불러요, 편하게.
―……마땅한 호칭이 떠오르지 않는군요.
―누나라고 불러요.
―……네?
―내가 더 나이 많잖아요. 아 참, 이제 교감도 아니지? 그럼 말 편하게

해도 되지?

　포머는 조금 의아해졌다.
　'원래…… 니드 교수님이 이런 성격이었나?'
　적어도 그가 아는 니드는 이렇게 활발하고 저돌적인 사람
과는 거리가 너무나 멀었기 때문이다.

　ー왜, 싫어?
　ー아, 아니요.
　ー그럼 해 봐. 누나라고.
　ー……나중에 할게요. 저 지금 중대한 일 하러 온 겁니다.
　ー그러니까 해 보라는 거야.
　ー무슨 말씀이세요?
　ー하고 나면 뭔가 시원한 기분이 들걸. 네가 무슨 일 하는지 내가 모
를까? 나 에타르 님한테도 오빠라고 했는데? 나를 믿어 봐.

　"……."
　머리가 얼얼했다.
　감히 에타르 님에게 오빠라고 하다니…….
　성격이 이렇게 자유분방한 사람일 거라곤 정말 생각도 못
했다.

—어서, 이 누나를 믿어.

'그래, 뭔가 생각이 있으니 그러겠지.'

—네…… 누…….

그러나 포머는 차마 그 단어를 완성할 수가 없었다.
　그가 살면서 누나란 단어를 단 한 번도 입으로 말한 적도,
이렇게 메시지로 친 적도 없기 때문이다.

—빨리.

그런 그의 속도 모르고 재촉하는 니드.
　결국, 포머는 눈을 질끈 감고 단어를 완성했다.

—네, 누나.
—옳지. 잘한다. 내 동생. 그럼 끝나고 연락해.

그렇게 메시지는 끊어졌다.
　포머는 니드가 마지막으로 보낸 메시지를 살피다가 피식
웃었다.
　"퓹, '옳지 잘한다, 내 동생.'이라니. 나 참. 내가 이런 말도

다 들어 보네. 살면서 처음으로······."

그렇게 모브를 넣어 두고 복도를 거닐 때였다.

"······어라?"

그런데 참 신기한 기분이었다.

정말 니드의 말대로 된 것이다.

답답하게 꽉 막혔던 가슴속에 알 수 없는 무언가가 뚫린 기분이었다.

그리고 상당히 마음이 평온했다.

마법사에게 평온한 마음은 상당히 중요하다.

머릿속이 복잡하면 마음도 복잡해진다.

따라서 머릿속이 마음이며, 마음이 머릿속인 몰아일체의 관계다.

그런데 고작 그런 농담으로 가득한 메시지 하나로 이렇게 나 마음가짐이 달라질 줄은 꿈에도 몰랐다.

'이걸······ 노린 거였구나?'

그제야 왜 니드가 그렇게 강요했는지 알 수 있는 포머였다.

포머는 이제 가뿐한 마음으로 0클래스 구석을 향해 다가 갔다.

그곳이 바로 0클래스의 교수실.

미르네 멜이 있는 곳이다.

멜은 니드와 달리 방학이 되면 밑의 세계로 가 있다.

하지만 여기로 오면서, 멜에게 얘기할 것이 있으니 급히 분교로 오라는 명령을 내렸다.

그렇게 교수실 앞에 선 순간이었다.

투확–!

"읍……!"

강풍이 포머의 몸을 치며 멀리 날려 버렸다.

"말도 안 되는 핑계로 날 왜 불렀을까? 에드 가문의 쥐새끼."

의미 모를 조치

교수실에서 당당히 나오는 미르네 멜.

그리고 그녀의 몸 주위엔 오러처럼 강풍이 휘몰아쳐, 그녀의 머리카락이 어지럽게도 휘날리고 있었다.

"응? 왜 불렀냐니까. 내가 네 정체를 모를 거라고 생각했어? 친위대 부대장의 정체가 탄로 난 그 순간부터 너도 이미 똑같은 처지였는데."

"먼저 이렇게 나와 주면 고맙지."

하지만 몸을 털며 일어나는 포머의 얼굴에는 당황한 기색이 하나도 없었다.

오히려 기뻐 보이는 표정을 짓기까지 했다.

그런 포머의 표정이 마음에 들지 않는 멜은 얼굴을 잔뜩 찌푸렸다.

'……뭘 믿고 저렇게 당당해?'

무언가 숨기고 있는 수가 있다는 뜻이다.

눈으로 아무리 훑어도 그 숨긴 수를 읽을 수 없다는 게 문제였다.

연신 배시시 웃는 입꼬리까지도 멜의 신경을 자극했다.

"이봐, 멜 교수."

이제 포머는 조금은 상기된 목소리를 냈다.

"내가 지금 기분이 아주 좋아. 이런 기분, 살면서 처음 느끼는데 말이야."

"갑자기 무슨 뚱딴지같은 소리지?"

"절대 질 것 같지가 않다는 뜻이거든."

포머는 말을 끝내자마자 복도를 칠흑의 어둠으로 뒤덮었다.

그러곤 거대한 장막을 갈기갈기 찢어, 무수히 많은 칼날로 만들었다.

6클래스에서 키에나와 헤이를 괴롭혔던, 포머가 사용할 수 있는 최고 살상력의 마법이다.

거대한 라이칸 무리가 주위를 포위하고, 날카로운 발톱으로 사정없이 난자하는 듯한 그 마법.

포머는 처음부터 전력으로 임했다.

오싹!

암흑 속에 갇힌 멜은 기분 나쁜 소름을 느꼈다.

'어디지……? 어딜 향해 공격하는 거지……?'

아무리 마력으로 포머의 위치를 찾으려고 해도, 찾을 수가 없었다.

'교감이…… 이 정도나 되는 놈이었다고?'

아르텔이 처음 이 마법 속에 갇혔을 때도 오싹함을 느꼈다.

하지만 아르텔은 전 대마법사 아르키스 에이머.

게다가 플레우드다.

플레우드인 그는 아주 간단하게 이 마법을 파훼했지만, 단일 원소사인 멜은 도무지 어떤 마법으로 어떻게 파훼할지 갈피를 잡지 못했다.

'날려 버린다.'

결국, 멜은 강수를 두었다.

그저 강풍을 사방으로 퍼트려, 다가오는 공격을 아예 접근할 수 없도록 만드는 것이었다.

상대가 어디를 노리고 공격할지 전혀 모르니, 그녀가 할 수 있는 최선의 방법인 것은 확실했다.

"푸흐흐. 그래, 다들 그렇게 하더라고. 근데 그거 아나, 멜 교수? 넌 바람 원소사야. 내 공격을 막 방법은 없어."

암흑 속에서 들리는 포머의 목소리.

눈앞도 보이지 않는 배경 탓일까?

그의 목소리까지도 소름 끼치게 다가왔다.

아주 깊숙한 지하에서 일부러 목에 힘을 잔뜩 주고 말하는 것처럼 느껴졌다.

"아직도 깨닫지 못한 것 같군, 멜 교수. 바람은 기체야. 기체는 무엇에 약하지?"

암흑 속에서 건네는 그의 질문에 멜은 답할 수 없었다.

아무리 머리를 굴려도 무엇에 약한지 도통 감을 못 잡았기 때문이다.

"정답은 날카로운 것에 약해. 바람이 닿는 부분이 얇을수록, 밀어 내는 힘이 약해지잖아."

푸슛!

'날카로운 것⋯⋯.'

그때 멜은 체념했다.

지금 자신으로서는 절대 포머를 이길 수 없다.

이런 마법을 다룰 것이라곤 예상도 하지 못했다.

'기껏해야 검은 송곳 하나만 믿고 까부는 줄 알았는데⋯⋯.'

완전히 오산이다.

그리고 확실히 느꼈다.

이것은 단순히 밀리는 수준이 아니라 절대 극복할 수 없는 싸움이었다.

흡사, 플레우드와의 싸움이라면 이런 느낌이지 않을까 싶었다.

본래 이론상 바람과 어둠은 상성이라는 게 존재하지 않는 다지만…… 포머의 마법이라면 얘기가 다르다.

포머의 말대로 바람은 날카로운 것을 밀어 내기 어렵다.

그렇다고 대지 원소처럼 고체로 만들 수 있는 것이 있던 가?

너무 안일했다.

미르네 가문 소속인 그녀는 드라코 가문과 늘 우호적인 관계를 지냈다.

그렇기에 상위 서클의 어둠 원소사와 굳이 대련할 일도 없으며, 다양한 어둠 원소사를 만날 기회 자체가 아예 없었다.

'내 바람이 이렇게…… 하찮았다니.'

지금의 포머처럼 날카로운 종류의 마법을 사용하는 마법사를 상대론 고전할 수밖에 없다.

자신의 가주인 미르네 카비르는 이런 공격이 오면 어떻게 극복할까?

문득 그런 궁금증이 들었다.

그러나 아무리 자신의 가주라고 하더라도, 그녀는 가주에게 믿음이 가지 않았다.

'카비르 가주님…… 타일런트의 약점을 노리고 대마법사가 되겠다는 그 거대한 목표…… 아무래도 이루지 못할 것 같군요.'

멜도 카비르가 왜 드라코 가문에 우호적으로 협력한지 잘 알고 있다.

대마법사라는 자리를 언젠간 자신이 차지할 수 있을 거라는 믿음으로 움직인 것이니까.

하지만 카비르도 분명히 이런 형태의 싸움은 한 적이 없을 거다.

그저 타일런트가 단일 원소사라는 이유로, 바람 원소사인 그녀도 희망을 가진 것이다.

'바람은…… 어둠 원소의 이 마법을 뚫는 건 고사하고 아예 막을 수도 없습니다. 우리 가문의 치명적인 단점을 전하지 못하고 사라져서 죄송합니다. 부디, 타일런트와의 싸움은 피하시지요.'

푸슛-! 푸슈슛!

팔, 다리, 볼 등등.

포머의 공격을 계속 받아 피부가 찢어지며 암흑 속에서 피가 튀는 중에도 멜은 그저 겸허히 몸으로 모든 공격을 받아야 했다.

그리고 암흑 속에서 그녀는 고통의 신음조차 내지 못한 채로 쓰러졌다.

가렌트는 밑의 세계에서 한창 순찰 중이었다.

무소식이 희소식이라는 말이 있지만, 지금 상황에선 절대 그렇지 않기 때문이다.

검사 학교 꼭대기에서의 소식은 시시각각으로 그에게 전해지는 중이다.

어느덧 검은색 비율은 8.3 정도.

여태껏 한 번도 보인 적이 없던 빠른 속도다.

검사 학교에는 제단이 없다.

제단은 오직 마법 학교에서만 나온다.

가렌트가 꼭대기에서 아르키스 에이머와 함께 봉인석을 지킬 때 그 이유를 물어봤는데 그의 대답은 이러했다.

"스승님의 배려야. 검사 학교에 제단이 생겨 버리면 피해가 막심할 것 같으니까. 피해는 마법사만 감수하고, 검사는 안전한 상태에서 봉인석만 같이 지키도록 하신 거지."

애초에 검사들은 마법 지식이 전무하기에 타일런트처럼 제단을 연구할 방법도 없었다.

그 모든 것을 내다본 알라이즈 페트라의 마지막 배려였다.

그래서 검사 학교의 꼭대기는 마법 학교의 상황과 놓고 보자면 꽤 평화로운 나날이었다.

하지만 봉인석의 검은색 비율이 올라간다면 얘기는 달라진다.

이에 밑의 세계 경비를 담당하는 대검사 친위대는 긴장의 나날일 수밖에 없다.

심지어 현 대검사인 밀턴의 보고에 의하면 가랑비를 모으는 것처럼, 검은색이 차오르는 게 눈에 보일 정도라고 했다.

마법사와의 전쟁을 준비하는 가렌트.

현 대마법사인 드라코 타일런트가 어떤 마법사인지 알기 때문에 원치 않는, 수동적인 선택이었다.

그런데 그렇게 그는 마법사의 거리와 검사의 거리 경계를 순찰하던 중 이상 현상을 하나 관찰하게 되었다.

"쟤들…… 마법 학교 학생들이 아닌가?"

"그러네요? 분명히 방학 중인데 왜 갑자기 다들 교복을 입고…….'

마법 학교의 웨이 포인트는 전부 도시 밖 숲에 있다.

그래서 검사의 거리 입구에 있어도 마법 학교 학생들이 움직이는 것을 쉽게 관찰할 수 있었다.

마법 학교는 검사 학교와 같은 스케줄로 움직인다.

같은 날에 개학하고, 같은 날에 방학까지 한다.

졸업과 입학 시기도 똑같다.

다만 서로 다른 세계에서 배우는 게 다를 뿐이다.

말 그대로 마법 학교와 검사 학교는 평행 세계라고 봐도 무방할 정도였다.

그런데 특정 학교의 학생들만 웨이 포인트로 향하는 것이었다.

"가렌트 님, 저 교복은……."

입구를 지키는 친위대원 하나가 물었다.

"라믹 분교랑 미르네 분교야. 왜지? 왜 두 분교의 학생들만 저기로 움직이는 거지? 꼭 개학이라도 한 것 같잖아."

"꼭대기에 있는 밀턴 님은 별다른 말 없으셨습니까?"

"응. 봉인석에 대한 것 말고는 아무런 보고 없었어."

"이상하네요……. 왜 두 학교의 학생들만……."

가렌트는 웨이 포인트로 향하는 학생들을 지켜보다가, 뒤를 밟기로 결심했다.

마법사들의 수장 대마법사 드라코 타일런트가 무슨 짓을 벌일지 모른다.

설마 학생들까지 군대로 조직하고, 본격적으로 시작하려는 것인가?

이런 걱정이 먼저 들었기 때문이다.

그는 정보도 모을 겸 학생들을 쫓아 발걸음을 옮기려 했다.

가렌트의 생각을 눈치챈 부하가 팔을 덥석 잡으며 말렸다.

"저기로 가시려고요……?"

"응. 꼭 내 눈으로 봐야겠어. 학생들이 왜 느닷없이 웨이 포인트로 모이는지 말이야."

"아무리 그래도……."

"괜찮아. 들키지 않게 슬쩍 보고만 올 거니까. 너희는 계속 지키고 있어. 가는 건 나 혼자면 충분해."

그렇게 가렌트는 억지로 부하를 안정시키고, 학생들의 뒤를 밟았다.

이제 라믹 분교 학생과 미르네 분교 학생이 갈리기 시작했다.

서로 웨이 포인트가 같은 게 아닌, 떨어져 있기에 각자의 웨이 포인트로 향하는 것이었다.

'어디에 붙어야지……?'

가렌트의 몸은 하나.

따라서 뒤를 밟을 수 있는 웨이 포인트도 한 곳뿐이다.

어디를 선택하건 상관없을 수도 있지만, 만에 하나라는 게 있다.

가렌트는 최대한 신중하게 선택하기 위해 잠시 생각에 잠겼다.

'최근까지 밑의 세계에서 일어난 마법사들의 상황을 살펴보면…….'

그 생각 덕분에 어디로 갈지 비교적 쉽게 정할 수 있었다.

에타르는 임펠을 데리고 라믹 분교의 웨이 포인트로 나왔다.

모습은 일단 숨긴 채다.

라믹 분교의 웨이 포인트는 에드 분교와 같이 도시 밖의 숲의 공터.

그저 위치가 다를 뿐이다.

임펠과 에타르는 숨까지 죽인 채로 조용히 기다렸다.

그러자 웨이 포인트에서 익숙한 마법사 하나가 나타났다.

"역시네요. 데이먼까지 나왔어요."

대마법사 친위대장 데이먼.

그의 등장을 시작으로 라믹 분교 학생들이 속속 모이기 시작했다.

0클래스부터 6클래스까지.

모인 학생들의 나이도 다양하며 서클도 그만큼 다양했다.

하지만 그런 제각각의 학생들도 공통점은 있었으니, 바로 웨이 포인트에 나와 있는 데이먼을 보고 누군지 유추하는 눈초리라는 것이었다.

데이먼은 무표정으로 팔짱만 낀 채로 학생들을 돌 보듯 바라봤다.

어느덧 공터엔 학생들도 빼곡히 채워졌다.

데이먼은 시간을 한번 확인하고는 고개를 끄덕였다.

"클래스별로 서라."

학생들에게 명령했다.

학생들은 누군지도 모르는 사람이지만, 그가 뿜어내는 위압감에 저절로 몸이 말을 들었다.

　그들은 0클래스부터 6클래스까지, 정돈된 대열로 서기 시작했다.

　"학생을…… 친위대처럼 다루네요."

　"친위대에서도 저런 걸 하곤 했나?"

　"네, 엄연히 대마법사의 군대니까요."

　"……내가 있었던 시절과 정말 많이 변했구나."

　말로만 들었지, 이렇게 직접 눈으로 보는 것도 처음이다.

　에타르가 있었던 친위대는 학생이 학교에서 수업에 안전하게 집중할 수 있도록, 제단이 나타나면 학생을 대피시키고 제단을 닫았던 조직.

　단연, 그 주인은 아르키스 에이머였다.

　하지만 지금은 너무 삭막하고 사람의 온정이 전혀 느껴지지 않는 무자비한 집단으로 보였다.

　에타르는 슬쩍 고개를 옆으로 돌렸다.

　그러다 임펠과 눈을 맞췄다.

　"왜 그렇게 보세요?"

　"……아니야. 고생 많았겠구나."

　"뭐, 제가 선택한 일인데요."

　"……."

　에타르가 멋대로 양자로 집어넣었는데도 그렇게 답해 주

니 미안한 마음만으로 가득해졌다.

그렇게 학생들이 정렬을 마쳤을 때 드디어 라믹 리비아가 모습을 드러냈다.

교장 선생님의 등장에 학생들은 일제히 긴장한 모습이었다.

"다들 놀랐지? 방학 중인데 갑자기 불러내서 말이야."

리비아의 목소리까지 문제없이 잘 들렸다.

학생들은 어리둥절한 표정으로 고개만 끄덕였다.

"특별한 게 아니야. 대마법사의 명령에 의해 오늘부로 모든 분교를 폐교하게 됐어."

"……네? 그럼 저희는 어떡해요?"

하지만 이어진 충격적인 소식에 긴장감은 금방 사라지고 학생들의 말문이 트였다.

"어떡하긴?"

쩌저적!

리비아는 대답 대신 빙결 마법을 구현했다.

리비아를 중심으로 땅이 서서히 얼어붙기 시작하며, 학생들이 서 있는 곳까지 뻗어 나갔다.

"……서릿발이네요."

닿으면 얼어붙어 버리는 마법, 서릿발.

아니나 다를까, 학생 중 한 명이 서릿발에 발이 닿자 마법은 학생의 발을 타고 전염병처럼 학생의 온몸을 얼렸다.

"……교, 교장 선생님?"

깜짝 놀란 학생들은 소리치며 여기저기로 도망치기 시작했다.

모인 학생들 중엔 서릿발을 아는 학생은 없을 것이다.

하지만 방금의 현상을 보고 본능적으로 알았다.

이것은 위험한 마법이다.

따라서 몸에 닿으면 절대 안 된다.

"장남, 이것들 한곳에 모아. 벌레처럼 도망가는 꼴을 보면 짜증 나니까."

생존 본능에 의해 여기저기로 흩어지는 학생들.

하지만 결국, 그런 발악도 리비아의 심기를 건드리고야 말았다.

이제 데이먼이 나서서 물의 장벽을 치고, 서서히 좁히며 학생들을 개미 몰듯이 한데 모았다.

"임펠, 지금이다. 우리가 나서자."

"네."

그리고 기다렸다는 듯이, 에타르와 임펠이 나섰다.

"후, 이 마법을 꺼내는 것도 참 오랜만이야. 얼마 전엔 아르키스 님이 나를 평가하기 위해서였지만, 지금은 진심을 담아 쓰는군."

에타르가 휠체어를 끌며 공터로 나왔다.

그와 동시에…….

화르륵!

강렬한 태양이 떠 있는 낮의 하늘에 또 다른 태양이 떴다.

바로 에타르가 구현한 보주화다.

"하나보단 둘이죠."

임펠도 에타르와 똑같은 보주화를 구현했다.

이로써 대낮의 하늘엔 총 세 개의 태양이 뜨게 되었다.

"······에타르."

"······임펠."

리비아와 데이먼은 모습을 드러낸 둘을 보고 적대심을 숨기지 않았다.

"거참, 명색이 가주라는 녀석이 학생들 상대로 무슨 유치한 장난질인가? 리비아, 창피하지도 않아? 가주라면 가주답게 새내기들을 보듬어 줘야지, 이렇게 죽이려고 하면 쓰나."

라믹 분교의 전교생이 다 모인 자리다.

그래서 에타르는 일부러 큰 목소리로 일침을 날렸다.

그 순간, 학생들은 거대한 충격을 받은 표정을 지었다.

'교장 선생님이 우리를 죽이려고 했다고······?'

다들 표정이 말하는 게 똑같았다.

하지만 그 말도 거짓말로 생각되지 않았다.

왜냐, 이미 그녀의 빙결 마법을 맞고 얼음으로 변한 학생이 있었으니까.

그나마 다행인 것은 두 개의 보주화가 뜨자 얼었던 학생의 몸이 금방 녹아 목숨을 건졌다는 것이다.

그 학생은 그저 오한 때문에 괴로워하는 모습만 보였다.

에타르는 이제 데이먼을 쳐다봤다.

"오랜만이네, 데이먼. 근데 자네도 부끄럽지 않나? 명색이 대마법사 친위대장이라는 놈이 고작 학교 학생들을 데리고 심한 장난을 치다니 말이야."

"……."

데이먼은 아무런 답도 하지 않고 그저 살벌한 눈빛만 보냈다.

그러자 학생들도 데이먼의 정체를 알게 되었다.

그들은 혼란스러워지기 시작했다.

분명히 방학 중인데도 이곳에 모인 것은 '대마법사의 명령에 의해 폐교되어서'라고 했다.

그런데 돌연 자신들의 교장은 학생을 죽이려 했고, 그것을 친위대장이 돕고 있다.

그렇다는 것은 대마법사까지 자신들을 죽이라고 시켰다는 뜻일까?

그렇지 않고서야 친위대장이나 되는 사람이 이곳에 왔을 이유가 없으니까.

초급 단계인 0~2클래스 학생들은 거기까지 생각이 닿지 않았지만, 적어도 중급 단계 이상인 3클래스부터 학생들의 생각은 똑같았다.

이에 눈치 빠른 임펠은 학생들의 표정에 떠오른 생각을 읽고 선수를 쳤다.

"맞아. 너희를 전부 없애라고 지시한 대마법사와 그걸 실행하는 친위대장 라믹 데이먼, 라믹 분교장 라믹 리비아는 모두 한패야. 너희들을 향해 벌레라고 말한 것만 봐도 너무 쉬운 문제지?"

고작 그 한마디로 임펠은 학생들의 마음을 장악했다.

힘에 의한 굴복적인 장악이 아닌, 진정 마음으로 느껴지는 장악이다.

이런 걸 보통 복종이라고도 한다.

이렇게 짧은 시간에 어떻게 복종이 가능하냐는 의문이 들겠지만, 목숨의 위협을 받는 상태에서 누군가가 구해 준다면 아주 당연스레 일어나는 현상이었다.

"자, 학생들, 거기 앞에 있으면 위험하니까 우리들 뒤로 올래?"

임펠이 친절하고 안정을 가져다주는 목소리로 말하자 학생들은 리비아와 데이먼의 눈치를 슬쩍 봤다.

그때 데이먼이 구현했던 물의 장벽을 이제 얼음 장벽으로 바꿨다.

아예 나가지 못하는 완벽한 밀실로 만들려는 것이었다.

하지만 그것은 경솔한 선택이었다.

데이먼이 나서서 마법을 강화하는 것이 공터에 있는 학생들에게 확인 사살을 하는 행동이 되고야 말았다.

'그래, 저 마법사들의 말이 맞다. 우린 너희를 죽이기 위해 모은 것이다.'라고.

"저번에도 느꼈지만, 자네는 참 버릇이 나빠."

에타르는 보주화를 더욱 강화했다.

이제 화염이 아닌 용암으로 변하며, 데이먼이 만든 얼음 장벽을 향해 용암을 부어 버렸다.

그러자 얼음 장벽이 녹아내리며 학생들이 도망칠 탈출구가 생겼다.

학생들은 기회를 놓치지 않고 빠르게 그 안에서 뛰쳐나왔다.

혹시라도 그런 학생들을 공격할까, 임펠은 학생들의 도주 경로를 보호하기 위해 아치형으로 불의 장벽을 만들어 학생들을 보호했다.

"어서 도망가, 멀리. 그리고 분교 폐교는 이미 정해진 거야. 세상이 바뀔 때까지 건강하렴. 그때 너희가 이루지 못한 마법사의 꿈, 다시 이룰 수 있을 테니까."

임펠이 도망치는 학생들에게 말했다.

학생들은 지금 이 말의 뜻을 모를 거다.

하지만 머지않아 알게 될 것이라는 믿음으로 말로나마 남긴 것이다.

리비아와 데이먼은 이에 질세라 자신들도 보주화를 구현

했다.

"장관이군. 보주화가 네 개나 떠 있는 진귀한 광경을 보다니. 안 그런가, 리비아."

"……에타르, 뒷감당은 어떻게 하려고 그러지?"

"대가는 뭐, 죽음밖에 더 있겠어? 이 얼마나 싼값인가. 이 하찮은, 가장 약한 원소사의 죽음으로 갚을 수 있으니까 말이야."

"그런 말 마세요, 아버지. 죽는 건 저것들이 되어야지 어째서 선량한 아버지가 그 대가를 대신 받는단 말입니까?"

임펠은 일부러 '아버지'라고 불렀다.

리비아와 데이먼의 앞이기에 신경도 긁을 겸, 돈독한 부자지간을 표출하려는 것이다.

임펠은 데이먼에게 물었다.

"어이, 데이먼, 잃어버린 건 잘 찾았어?"

"……."

"이야, 표정이 살벌한 걸 보니까 아직도 못 찾았나 보네? 그럼 이번에도 결과는 똑같은 거 아니야?"

리비아는 모르는 일이다.

리비아는 불편한 표정으로 데이먼을 쳐다봤다.

자신보다도 더 불편한 표정을 짓고 있는 데이먼이었다.

'데이먼이…… 이렇게 동요한 적이 없었는데?'

리비아는 상황이 이상하게 흘러간다는 것을 그제야 알아

차렸다.

"임펠, 우리 목표는 이걸로 끝이야. 학생들은 다 살렸으니까. 이길 생각 말고 적당히 상대하다가 빠진다. 알았지?"

에타르가 작은 목소리로 전했다.

"물론이죠."

그렇게 용암과 얼음의 격돌이 시작되었다.

'……왜 마법사들이 저들끼리 싸우는 거야, 또? 게다가 리비아? 에타르? 분명히 그 이름은…….'

가렌트가 뒤를 밟기로 결정한 웨이 포인트는 바로 라믹 분교의 웨이 포인트다.

이유는 단순하다.

밑의 세계에서 봤던 마법들.

그때 전부 물 원소가 있었다.

즉 행동대장 중에 물 원소사가 늘 있었다는 뜻이자, 가장 중요한 인물이라는 뜻이다.

그리고 그의 선택은 옳았다.

리비아, 에타르.

300년 전에도 익히 자주 들어서 이름은 확실하게 외운 이들이다.

바로 그의 친구 아르키스 에이머의 제자들의 이름.

그런데 그의 제자들이 왜 서로를 향해 등골이 오싹한 마법을 겨누며 죽일 생각으로 싸우기 시작한 것인지 가렌트는 알지 못했다.

'이게 혹시…… 봉인석이 슬슬 완성되어 가는데도 마법사들이 조용한 이유였던 건가?'

한 가지는 확실하다.

마법 사회에 내부 분열이 일어났다는 것.

모든 마법사가 대마법사 타일런트의 계획에 동조하는 게 아닌, 내부에서도 혁명의 바람이 분다는 증거다.

'어쩌면……?'

마법사와 어떻게든 접촉하고 싶었던 가렌트.

지금, 그 해답을 찾은 듯한 느낌이었다.

그렇게 가렌트는 둘의 전투가 끝나길 기다렸다.

아니, 손을 맞잡고 간절히 기도했다.

에타르가 이기게 해 달라고.

간절하면 이루어진다는 말이 있지 않던가.

가렌트는 평소 그런 말을 믿지 않았지만, 지금만큼은 속더라도, 절실하게 믿고 싶었다.

하지만 그의 기대는 무참히 깨졌다.

바로 리비아를 상대하던 에타르가 갑자기 사라진 것이다.

'왜지……? 어디로 간 거야? 결판을 짓지 않고 왜 사라진

거냐고?'

정말인지 답답한 상황의 연속이 아닐 수 없었다.

"이 개 같은 자식이 진짜!"

그런데 신기한 것은, 리비아가 잔뜩 격양된 목소리로 에타르를 향한 욕설을 거하게 내뱉는 중이라는 것이다.

저런 리비아의 반응을 본다면 승자는 에타르인 게 확실했다.

"쥐새끼…… 꼭 얼려서 부숴 버린다……."

그리고 리비아의 옆에 있던 데이먼이 말했다.

'뭐가 어떻게 굴러가는 거지……?'

가렌트는 도통 마법사들의 정신세계를 이해할 수가 없었다.

그래도 마냥 절망적이진 않았다.

하나의 크나큰 수확을 얻었기 때문이다.

'마법 사회는 내부 균열이 있다, 그것도 심각한 수준으로. 그렇다면 이제 내가 할 일은…… 대마법사에게 반기를 든 마법사들을 찾는다.'

오늘 눈으로 직접 본 것만 에타르란 마법사.

과연 에타르와 뜻을 같이하는 마법사들이 있을까?

분명 아르키스 에이머의 제자는 총 여섯 명.

그 제자 중 하나는 스승을 죽이고 스승의 자리를 차지했다.

그렇다면 에타르와 뜻이 같은 제자가 한 명쯤은 더 있을 수 있다는 것이다.

가렌트는 조용히 자리에서 벗어났다.

✦

모든 걸 끝마치고 돌아온 선술집의 지하실.

에타르와 임펠은 시원한 표정이었다.

"가주님! 데이먼 그놈 표정 봤어요? 친위대장이라는 놈이 어벙한 표정을 지으니 왜 이렇게 우스운지 모르겠어요."

한껏 상기된 목소리다.

"그나저나 언제 그 정도 수준이 된 거야, 임펠? 데이먼이 학생으로 보일 정도로 수준 차이가 심하던데."

실제로 전투에서 데이먼은 임펠에게 생채기 하나 내지 못했다.

아니, 보주화가 떠 있음에도 임펠은 아무런 영향을 받지 않았다.

"에이, 그건 가주님도 마찬가지잖아요. 리비아의 보주화가 떠 있는데도 용암이 식을 기미가 안 보이던데요?"

부자는 서로 덕담 배틀이라도 하듯이, 입을 멈출 줄 몰랐다.

"뭐, 간만에 정말 제대로 된 마법을 사용한 것 같아. 뿌듯하네."

에타르의 그 한마디로 즐거운 대화는 어느 정도 마무리되었다.

그러나 상당히 지친 이도 있었으니.

미르네 분교를 담당한 바이스와 나일론이었다.

나일론은 연신 죄를 지은 것같이 고개만 푹 떨군 소극적인 모습이었다.

"나일론은 왜 저래?"

에타르가 바이스에게 묻자 바이스는 너털웃음으로 답했다.

"자기 때문에 제가 힘들었다고 생각한 모양입니다. 뭐, 상성도 있고 서클 차이도 있어서 어쩔 수 없었으니까요."

에타르는 바이스가 무슨 말을 하는지 대충 알 수 있었다.

바람과 불의 싸움.

바람은 불을 더욱 활발하게 타오르게 하며, 그 면적도 넓게 만든다.

오죽하면 불난 집에 부채질이라는 말이 있을 정도니까.

나일론의 불이 미르네의 바람에 먹혀 아군까지 공격하는 상황이 발생한 것이다.

에타르는 휠체어를 끌어 나일론 앞으로 다가가 그의 어깨를 토닥였다.

"괜찮아. 이런 것도 지금 경험해 봐야지 언제 해 보겠어.

그러니 너무 기죽지 말라고."

나일론은 감정이 울컥했는지, 눈물을 글썽였다.

"자, 그럼 난 이제 슬슬 본교로 넘어갈 때군. 다들…… 내가 없어도 준비는 착실히 할 수 있지?"

포머에게 모브를 통해 보고는 들어왔다.

에드 분교는 폐교 절차를 완료했다.

다만 라믹 분교, 미르네 분교와 다른 것은 학생들을 굳이 웨이 포인트로 모으지 않았다는 것이다.

그저 모브로 공지를 띄웠을 뿐이다.

본교가 오늘부로 폐교되었으니 학생 전원은 자동 퇴학이다.

어차피 에드 분교는 오래전부터 학생을 고의적으로 퇴학시킨다는 오명을 가진 학교다.

그런 오명이 도움이 되는 날이었던 것이다.

그렇게 에드 분교는 이상적인 평화로운 폐교를 맞이했다.

"친구분들은 어떻대요?"

임펠이 묻자, 에타르는 모브로 친구들에게 연락했다.

-우리도 끝.

트레샤의 답이었다.

-난 진즉에 끝내고 연락을 기다리고 있었다. 왜 이렇게 늦은 거야?

그 뒤로 이어진 알프릭의 답이다.

"하여간 알프릭 녀석, 말을 예쁘게 하는 법을 모른다니까."

이로써 남은 두 분교도 평화로운 폐교 절차를 밟았다.

그리고 에타르는 만날 장소를 정하고, 선술집에 남아 있는 마법사들에게 돌아가며 작별 인사를 남겼다.

시작은 바이스였다.

악수를 건네며 마지막 부탁을 남겼다.

"바이스, 내 계획은 다 알고 있지? 이제 내가 준비할 수 없는 상태가 되었으니 마무리를 부탁하네."

"물론입니다."

"임펠."

"네, 가주님."

"이기적인 부탁이지만, 조금만 더 고생하자. 희망의 보이는 싸움이 되었으니까."

"뿌듯하네요. 아르키스 님의 친위대가 된 것 같아서요."

"나일론."

"오늘 미르네 가주를 저지하면서 깨달은 게 있습니다. 아직 갈 길이 멀지만, 준비가 완료된 그날, 전력에 도움이 될 정도로 꼭 성장하겠습니다."

나일론은 아직도 그것을 마음에 담아 두고 있었다.

"지금도 충분해. 상대가 너무 강했던 것뿐이야."

악수를 마치고 나일론은 어깨를 한 번 더 토닥였다.

"스파클."

"……."

"네 화력은 우리 중에 최고야. 그것을 기억해. 나보다도 강한 화력이니까."

스파클은 대답을 생략하고 고개를 끄덕였다.

그렇게 막내인 에버까지 전부 마친 뒤, 이제 자식이 아닌 새로운 조각사 앞에 섰다.

"레지 선생."

"교장 선생님……."

"우리와 함께해 줘서 고맙네. 마지막까지 부탁하네."

"저야말로……."

그 순간, 레지는 울컥한 감정이 들어 울먹이는 목소리를 냈다.

오해로 인해 그렇게 미워하던 사람에게 고맙다는 따듯한 말을 직접 들으니 눈물이 핑 돌았다.

"받아 주셔서 감사합니다…… 교장 선생님."

"이제 교장 아니야. 동네 아저씨처럼 편하게 대해. 그래야 우리의 성공률이 올라간다고 생각한다."

"네, 넵."

그리고 이제 하페르트 앞에 섰다.

"자네는 냉정하게 들리겠지만, 지금 상태에서 해 줄 말이 아무것도 없어."

"……."

전력에 아무런 도움이 되지 않는, 잉여 마법사다.

하지만 하페르트는 분하지 않았다.

사실이며 여기에 모인 마법사들이 어떤 실력자들인지 잘 알고 있으니까.

"대신, 하나 부탁해도 되겠나?"

"네, 말씀하세요."

"꼭 자네에게 뭐라도 해 줄 말이 올해 안에 생겼으면 좋겠어. 그게 내 부탁이야."

정말 많은 것을 생각하게 하는 말이었다.

그리고 에타르의 그 부탁은 하페르트가 여태껏 살아오며 들었던 말 중에 가장 따뜻했다.

"……알겠습니다."

'난 왜 이런 사람을 무시했던 걸까?'

가문이 건재했을 때, 노힐 가문은 드라코 가문의 충실한 개였다.

그렇다 보니 같은 불 원소 가문인데도 가장 약한 평가를 받는 에드 가문을 자신도 무시했었다.

딱 보고 싶은 것만 보고, 보이는 것만 봤던 자신의 과거를 반성하게 됐다.

그리고 하나의 열정이 그의 속에서 불탔다.

'꼭…… 제게 해 주실 말이 생기도록 노력할 겁니다.'

하지만 하페르트는 그 말을 굳이 입 밖에 내지 않고 속으로만 삼켰다.

이건 자신과의 약속이기도 했기 때문이다.

그렇게 에타르는 선술집을 떠났다.

이제 밑의 세계에 남은 조각사는 당분간 수장 없이 활동해야 했다.

본교로 향하는 웨이 포인트에 에타르, 알프릭, 트레샤가 모였다.

이 자리에 리비아와 카비르는 없었다.

그들은 타일런트와 우호적인 관계를 유지하는 이들이니 별도의 통로를 이용하는 것으로 보였다.

하지만 이 세 분교장…….

아니, 이제 분교는 사라졌으니 분교장이라는 직위도 자연스럽게 없어졌다.

이젠 세 가주다. 분교는 사라졌지만, 가문은 건재하니까.

이들은 아르키스 에이머가 살아 있을 때 본교에서 친위대로 활동한 적이 있지만, 그 당시 이용한 통로는 타일런트가 전부 막아 놨다.

그렇기에 본교에서 사람이 나와야만 본교로 향할 수 있었다.

"우리가 배정받을 층은 몇 층이 될까?"

트레샤가 먼저 입을 뗐다.

솔직히 셋은 지금 불안한 감정으로 가득했다.

본교 교수로 가서, 어떤 위험과 모함을 당할지 모르기 때문이다.

본교로 가기 전에 리비아와 카비르를 상대로 대형 사고도 쳤으니 이제 날아오는 칼날들을 몸으로 받는 일만 남았다.

그래도 피할 수 없었고, 피하고 싶은 마음도 없었다.

태풍이 온다면 그 중앙으로 들어가라.

태풍의 중앙은 바깥과 달리 평온하니까.

그 말을 굳게 믿으며 본교라는 태풍 중앙에 몸을 밀어 넣기로 마음먹은 것이다.

그렇게 본교의 사람이 웨이 포인트로 나왔다.

얼굴을 의도적으로 가린 것 같은 후드가 달린 로브를 뒤집어쓴 남자.

고개도 일부러 일정한 각도로 숙여 눈동자조차도 보이지 않았다.

밝은 대낮인데도 그의 얼굴을 아예 볼 수 없을 정도다.

심지어 로브도 검은색이다.

세 가주가 공통적으로 싫어하는 색이다 보니, 절로 얼굴이 찌푸려졌다.

에타르는 겉으로 보기에도 평범한 마법사가 아니라는 걸 알아차렸다.

그가 풍기는 기운.

넘치는 마력을 주체하지 못해 마력이 마치 생명체처럼 스스로 날뛰려 하는 걸 겨우 억제하는 것처럼 느껴질 정도의 불안한 기운이다.

가장 노골적으로 언짢음을 표출한 사람은 알프릭이었다.

"예의가 상당히 없군. 명색이 우리도 원소 대표 가문의 가주들인데 얼굴도 보이지 않다니 말이야."

결국, 참치 못한 알프릭이 그에게 일침을 날렸다.

"글쎄요. 제가 딱히 잘 보일 분들은 아니라서요. 그래도 경어를 사용하는 게 최소한의 예의를 지키는 중이라고 생각합니다만, 루스 알프릭."

"……뭐?"

반말인지, 존댓말인지 모를 말이다.

발끈하는 알프릭을 트레샤가 겨우 중재했다.

"적어도 네 소개는 하든가."

하지만 알프릭은 이렇게 순순히 물러서고 싶지 않았다.

적어도 이자의 정체만은 알아내겠다는 고집은 확실했다.

"안녕들 하십니까? 본교에서 문지기란 직책을 맡고 있는 드라코 셔먼입니다."

"……."

문지기. 타일런트를 바로 옆에서 보좌하는 자.

본교에서 나온 사람이 일개 교수도 아닌, 친위대장 데이먼보다도 가까운 마법사다.

이에 셔먼은 포털 세 개를 열며 설명했다.

세 개의 포털은 맞춤이라도 되는 듯이, 에타르, 알프릭, 트레샤 바로 발 앞에 생성되었다.

"이미 배정은 끝났습니다. 각자 앞에 있는 포털로 들어가시면 배정받은 층이 나올 겁니다. 그럼, 본교에서 잘 지내 보시지요."

셔먼은 그 말만 남기고 자신만의 포털을 열어 홀연히 사라졌다.

"다들 때가 되면 보자."

에타르가 먼저 포털로 몸을 밀어 넣었다.

긴장되는 마음을 최대한 진정시키며 휠체어를 끌었다.

"그래, 다들 조심하자."

그렇게 세 가주는 폭풍의 중앙에 안착하게 되었다.

포털을 지나고, 그들을 맞이하는 본교의 한 층.

그런데 셋은 동시에 의아한 표정을 지었다.

"……뭐야, 이게?"

✦

꼭대기엔 꽤 귀한 손님이 찾아왔다.

라믹 리비아와 미르네 카비르다.

두 가주는 표정이 똑같았다. 화를 좀처럼 삭이지 못해 당장이라도 폭발할 것 같은 표정이었다.

타일런트가 있는 봉인석 앞으로 뚜벅뚜벅 걸으며 다가갔다.

발걸음에도 현재의 심리 상태가 고스란히 표출되었다.

일부러 체중을 힘껏 실어 걷는 것처럼, 발소리가 유독 크게 들렸다.

"오랜만에 보는 얼굴들인데 인상 좀 펴지 그러나?"

타일런트는 두 가주를 맞이하며 말했다.

"에타르 그 개자식한테 보내. 당장 결판 지을 거니까."

리비아는 밑의 세계에서 있던 일을 납득할 수 없었다.

에타르 따위에게 그런 수모를 겪다니.

전에 만찬을 빌미로 가문에 왔을 땐, 그저 수치로 끝났다면 이번엔 그보다 위인 수모다.

심지어 말로서가 아닌 마법으로서 당한 수모.

아르키스 에이머의 제자 시절부터 단 한 번도 에타르에게 마법으로 밀린 적이 없는데, 그 이변이 300년이 지난 뒤에야 일어났다.

반면에 카비르는 리비아와 똑같이 분노가 가득하긴 했지만, 적어도 리비아처럼 누구에게 보내 달라는 소리는 하지 않았다.

그게 의아해 타일런트가 물었다.

"카비르 너는 누구한테 보내 달라는 소리를 안 하네? 너도 밑의 세계에서 한 방 먹은 거 아닌가?"

"어. 먹었지. 근데 그놈이 본교에 있는 놈이 아니니 보내 달라는 소리를 안 하는 거야."

"누구길래?"

"바이스 그 건방진 꼬맹이."

"호오, 바이스가 직접 움직였다라……. 에타르의 충성스러운 개가 이번에도 활동을 개시했군."

"타일런트! 당장 보내 달라고!"

리비아가 이제 떼를 쓰기 시작했다.

"그렇겐 안 되지. 내가 너희를 포함해서 그것들을 본교로 모은 것도 일망타진하기 위해서야. 그러니 내 계획을 망치지 말라고, 리비아. 아무리 너라고 해도 용서할 수 없으니까."

타일런트는 작은 송곳 하나를 구현해, 리비아의 목을 노렸다.

"……."

리비아는 작은 송곳임에도 송곳이 품고 있는 살벌한 마력을 온몸으로 느낄 수 있었다.

'타일런트가…… 이렇게 강한 놈이었나?'

고작 손가락만 한 송곳인데도 느껴지는 위협이 흡사, 예전 제자 시절 아르키스 에이머가 보였던 마법과 비슷했다.

'꼭대기에 묶인 놈이 언제 이렇게 성장한 거야……? 고작 학생들을 재료로 삼아 봤자 효과가 미미할 거라고 생각했는데…… 내 오산이었어.'

리비아는 약학에 대한 지식이 전무했다.

그래서 효과가 얼마나 좋은지, 그게 도움이 되기는 하는 건지.

솔직히 그간 무시했다. 그래서 학생들을 성심성의껏 보냈던 것이기도 했다.

티끌을 모아 봤자 티끌에 지나지 않으니까.

그런데 지금 타일런트를 보니, 그 티끌을 모아 태산을 이루고 말았다.

리비아는 자신의 실수를 깨닫고, 그의 힘에 굴복할 수밖에 없었다.

"그래, 좋아. 그럼 우리는 몇 층 교수로 가지?"

"너희는 교수가 되지 않아. 쉬고 있어."

"이건 약속이 다르잖아?"

"어차피 교수로 임명돼도 너희만 피곤하잖아? 휴식하라는 나의 배려인데 그렇게 마음에 들지 않았나?"

다시 타일런트가 강압적으로 말하자, 리비아는 꼬리를 내렸다.

'분하지만…… 일단은 따른다.'

"그럼, 그 세 명은 각자 몇 층 교수로 임명됐지? 너도 다 생각이 있을 거 아니야?"

"크크크크크큭."

그녀의 물음에 타일런트는 기분 나쁜 웃음소리를 흘렸다.

저녁이 되었을 때였다.

납득할 수 없는 공지가 모브로 날아들었다.

[공지 사항]

신임 교수의 인사가 있을 예정. 학생들 전원, 오후 6시까지 강당으로 집합.

작성자 : 윕

갑자기 신임 교수라니.

이곳은 타일런트의 세상이 아니던가?

일단 시간에 맞춰 강당으로 나갔다.

그리고 신임 교수가 모습을 드러낸 순간이다.

난 그 순간, 눈이 휘둥그렇게 변할 수밖에 없었다.

교수가 아니라…… 교수'들'이었다.

다음 권으로 이어집니다

공작가 장남은 군대로 가출한다

로튼애플 퓨전 판타지 장편소설

멸망이 예견된 대륙에서 벌어지는 신들의 한판 게임!
차원을 뛰어넘어 신들조차 때려잡을 게임 브레이커가 나타났다!

『공작가 장남은 군대로 가출한다』

끝없이 몰려오는 몬스터의 파도를 맞아
최후의 최후까지 버티던 이정후, 아니 제이든 레온하르트
10여 년 전, '신의 게임'이라는 이름하에 이계로 떨어진 후
생존을 위해 발악하였으나
제국 최강의 가문까지 말아먹고 드디어 죽음을 목전에 둔 순간!

> 축하합니다. '이정후' 님께서는
> 갓 게임 베타테스터 중 최후까지 살아남으셨습니다.

……이 모든 일이 베타테스트였다고?

최후의 생존자 특전으로
본게임에서 남들보다 10년 먼저 시작하게 된 제이든
전 대륙을 덮치는 몬스터 웨이브에서
오직 '살아남기 위해' 그가 선택한 길은 바로
대몬스터전 최전방 북부군에 자원입대하는 것!

온 대륙에 멸망의 징조가 나타날 때
군대로 가출했던 그가 돌아온다!
강철의 검과 대륙 최강의 신수神獸로 세상을 구원하라!

꿈의 도약, 로크에서 하십시오
(주)로크미디어에서 신인 작가를 모십니다

즐거운 세상, 로크미디어는 꿈을 사랑하고 도전을 두려워하지 않는 작가 분들의 참신한 작품을 기다리고 있습니다. 21세기 장르 문학계를 이끌어 갈 차세대 선두 주자 (주)로크미디어에서 여러분의 나래를 활짝 펴 보시길 바랍니다.

모집 분야 판타지와 무협을 포함한 장르 문학
모집 대상 아마추어 작가, 인터넷 작가
모집 기한 수시 모집
작품 접수 시 유의 사항
1. 파일명은 작가명_작품명.hwp형식을 갖춰 주십시오.
1. 파일에 들어갈 내용은 다음과 같습니다.
   − 성명(필명인 경우 실명을 밝혀 주세요), 연락처, 이메일 주소
   −− 제목, 기획 의도
   − A4용지 1장 분량의 등장인물 소개
   − A4용지 2장 분량의 전체 줄거리
   − 본문
1. 작품이 인터넷에 연재되고 있다면, 게시판명과 사이트의 구체적이고 정확한 주소를 기재해 주십시오.

선택된 작품은 정식 계약 후 출판물로 간행되어 전국 서점에 유통됩니다.
작가 분은 (주)로크미디어의 전폭적인 지원하에 전속 작가로 활동하시게 됩니다.
※ 자세한 내용은 로크미디어 홈페이지(rokmedia.com)를 참조하세요.

(03920)서울시 마포구 성암로 330 DMC첨단산업센터 3층 318호
(주)로크미디어 편집부 신간 기획 담당자 앞
전화 : 02) 3273-5135
www.rokmedia.com   이메일 : rokmedia@empas.com

폐황제가 되었다

송제연 판타지 장편소설

**팔자 편한 빙의물은 가라!
고생길 예약된 독자 출신 폐황제가 보여 주는
본격 스포 주의 생존기!**

인기 없는 판타지 소설 '포킹덤'의 유일한 독자 민용
갑작스러운 완결 소식에 놀랄 새도 없이
다음 날, '포킹덤'의 폐황제 익스가 되어 눈을 뜨는데……

'그런데 이 녀석…… 사흘 뒤에 죽지 않나?'

외진 땅, 부족한 인재, 부실한 재정
뭐 하나 멀쩡한 게 없는데 목숨까지 왔다 갔다 한다?
믿을 구석은 대륙 곳곳에 숨어 있는 인재들뿐!

**앞일을 내다보는 황제에게 불가능은 없다
모든 건 내 머릿속에 있을지니!**